任性出版

當你孤獨時 你能做些什麼

它能成就一個人，也能毀掉一個人，你屬於哪一種？

資深暢銷書編輯 夏至 編著

U0020942

CONTENTS

第六章

與孤獨和解，接受孤獨

人生第一件大事是發現自己，
因此人們需要不時面對孤獨和沉思。

推薦序一

與自己失聯的孤獨

臨床心理師／洪仲清

有些詞要先區分，我們會比較好梳理自己內在的紛亂經驗。我暫且將孤獨或孤單定義成是在形體上獨自一人，這麼一來，便能從物理上的層次去理解。寂寞，是一種感受，類似空虛、難受、無聊、慌張……（在很多時候，「孤單」也被指稱為類似「寂寞」的心理感受，用自己習慣的方式理解就好）。

在刻板印象中常認為，一個人孤獨或孤單，就會寂寞。事實上，我們也很常在關係中寂寞，或者在眾聲喧嘩中寂寞，而且這種寂寞，可能更甚於在孤獨或孤單的時候。

如果把境界再打開來，相對於孤獨、孤單、寂寞，還有一種狀態，叫做「單獨」。單獨，類似「遺世而獨立」的體驗，在單獨中，自我越來越清晰，漸漸的，自我也可能消融於廣漠。比如很多人孤獨或孤單時，會藉由手機的社群網站跟人互動。這時，即便獨處，還是在跟人相處。

以當代科技之便，除了睡覺之外，還可以選擇隨時與他人相處。喔，不一定，有些人在睡覺時，依然在夢境中跟人互動。所以即便我們在形體上是一個人，依然會在心理上關注著他人，包括注意PO文有多少人按讚？有沒有人留言？閨密在情人節又得到了什麼讓人羨慕的好禮物……這時，心神散失在外，他人的評價與期待，不斷在影響著自己的當下與未來。

心神沒有收斂在自己身上，活在他人的嘴裡，跟真實的自己失聯，這時寂寞就像野火燎原，慢慢啃食、侵擾著我們的心，而因此感覺痛苦糾結。寂寞常伴隨著失落，這是因為很多人難以獨立，還不斷向外索求著他人給予情感。

所以能「單獨」的人很少，大部分人都被制約在社會寫好的劇本裡，各自扮演多重角色，在各種權利義務中打轉。單獨的人，有常人難以想像的心靈自由，然而這並非看起來能活得多精彩絢爛，表現出來時，可能反而顯得過於平凡簡單。

單獨的人所身處的平凡簡單，一般人可能還不屑一顧。那是一種斷捨離，但這會引發一般人焦慮，一般人常常奮不顧身的投入關係裡，想被社會定義，求得暫時的安心。

所以不管是不是孤獨，都容易引來寂寞，或正氣喘吁吁的奔跑在逃避寂寞的路上。即便想遠離，依然在不知不覺中靠近。能單獨，世界因此遼闊，也很難感覺寂寞。因為不管到哪裡，都有自己在一起。又或者，把自己都忘掉了，寂寞又怎麼會有地方依附呢？

要如何走向獨立或單獨？這顯然又能發展出一本書的篇幅了。不過，這本探討孤獨的書提供了心靈解方，能幫助你做到與寂寞和諧共處。祝願您，能跟自己連結，然後，在專注中忘我，片刻就好，那裡有我們的來處與歸向！

推薦序二

細品，孤獨百味

人氣作家／螺螄拜恩

「孤獨」是千百年來詩人、哲學家議論不休的話題，多少經典傑作應運而生，在夜不成眠的日子裡吟唱一池水銀瀉地的落寞。

以前我是不信的，嗤笑所謂「孤獨」、「寂寞」不就是為賦新詞強說愁嗎？無事可做為何不讀書、看電影、寫作、玩遊戲，世上好玩的事情那麼多，一天二十四個小時還嫌不夠用。然而大學畢業後，獨居臺北的那段時間我懂了，應驗了話不能說太早，就像有人年輕時嚷嚷不嫁禿頭大肚，轉眼三十年，不依偎大肚睡覺還睡不香。

當時一人住在二十幾坪的公寓，白天讀書、晚上補研究所，往來復去、日復一日。某日於滂沱大雨中趕公車，路旁疾行汽車駛進水窪，「嘩啦」一聲，髒水鋪天蓋地湧來，傘也不必撐了，我一身髒汙思忖著，要直接去補習班，或回家換衣服晚點到？

細想，誰知道，又有誰在意今時今日佇立於此的我在哪？我似一抹蒼白的幽靈，存在也不存在著，與周遭人、事、物毫無瓜葛，和人類間唯一的聯繫僅剩手機裡寥寥可數的通訊錄名單。遂踏著緩慢步伐返回那個稱不上「家」的居所，打開電視將音量調到最大聲，在歡快卻與我無關的鬧哄哄雜音下洗滌，襯著樓上鄰居唱卡拉OK的噪音，第一次品嘗到了，無色無味無形的孤獨。

本書集百家之言，將「孤獨」的歷史一頁頁攤開，字裡行間伏著扎人小刺，簡簡單單幾句話便傾倒了每個夜裡輾轉反側之寂寥，指尖的血仍細流涓涓，卻欣喜「也有人懂我的感覺」。你能在痛楚中找到喜悅，在孤獨裡尋覓共鳴，與散落各時各地的同伴一同品味無數種孤獨的姿態，最後了解「當你孤獨時，你能做些什麼」。

作者定義孤獨、體驗孤獨、拆解孤獨、昇華孤獨，從馬奎斯、川端康成、卡夫卡、波特萊爾、古龍等人筆下論述孤獨，更從文學、哲學、電影、自然科學等領域探討孤獨，譬如：存在主義哲學大師沙特認為，既然上帝已死，人類無法和真實對話，因此每個人都處於孤獨中，一切須憑自己決斷。

書中更以多幅鮮明動人的跨頁水彩插畫，一筆道盡文字無法訴說的寂寞，有時是滿樹醉人櫻花下，獨坐一人一鹿，相對無語；有時是身著太空服的小王子，飄渺於無垠宇宙，伸長雙手卻碰不到他獨一無二的玫瑰。在閱讀本書後，讀者終將會了解孤獨是生命的常態，無須恐懼，並學會接受孤獨，與孤獨和解，並享受孤獨。

第一章

孤獨時，你會做什麼？

你知道鳥兒在一天的什麼時候開始叫嗎？
我這裡的，四點十五分開始，六點結束。
孤單的是鳥。

每當備感孤獨時，關燈、打開電腦、看恐怖片。因為過一會兒，你就會覺得，門口有人、廁所有人、廚房有人，好像床上也有人！

這麼說吧，忍受孤獨可比忍受傻×簡單多了。
——銀教授

把它當作一種自由。
——ze ran

妳好，妳叫什麼？
Rock n Roll.

HA HA HA HA HA

妳好，妳叫什麼？
我叫姚滾。
妳有英文名嗎？
Rock n Roll.

開一個Word檔，自己和自己說話。一段是斜體，一段不是，假裝是兩人聊天。按Ctrl＋I切換，段與段之間空行，很方便。

我二十歲生日那天，因為無法忍受孤獨而打算跳樓，被前來施救的消防員從陽臺上抱了下來。這是我第一次被人擁抱。

——銀教授

下象棋，自己跟自己下。

——蔣乙丙丁

嗑瓜子緩緩，
好好享受它。
孤獨是奢侈品。

TAXI

坐計程車時，坐著坐著發現司機在繞路，我當時有點激動了，這世界上還是有人想和我多待一會兒的。

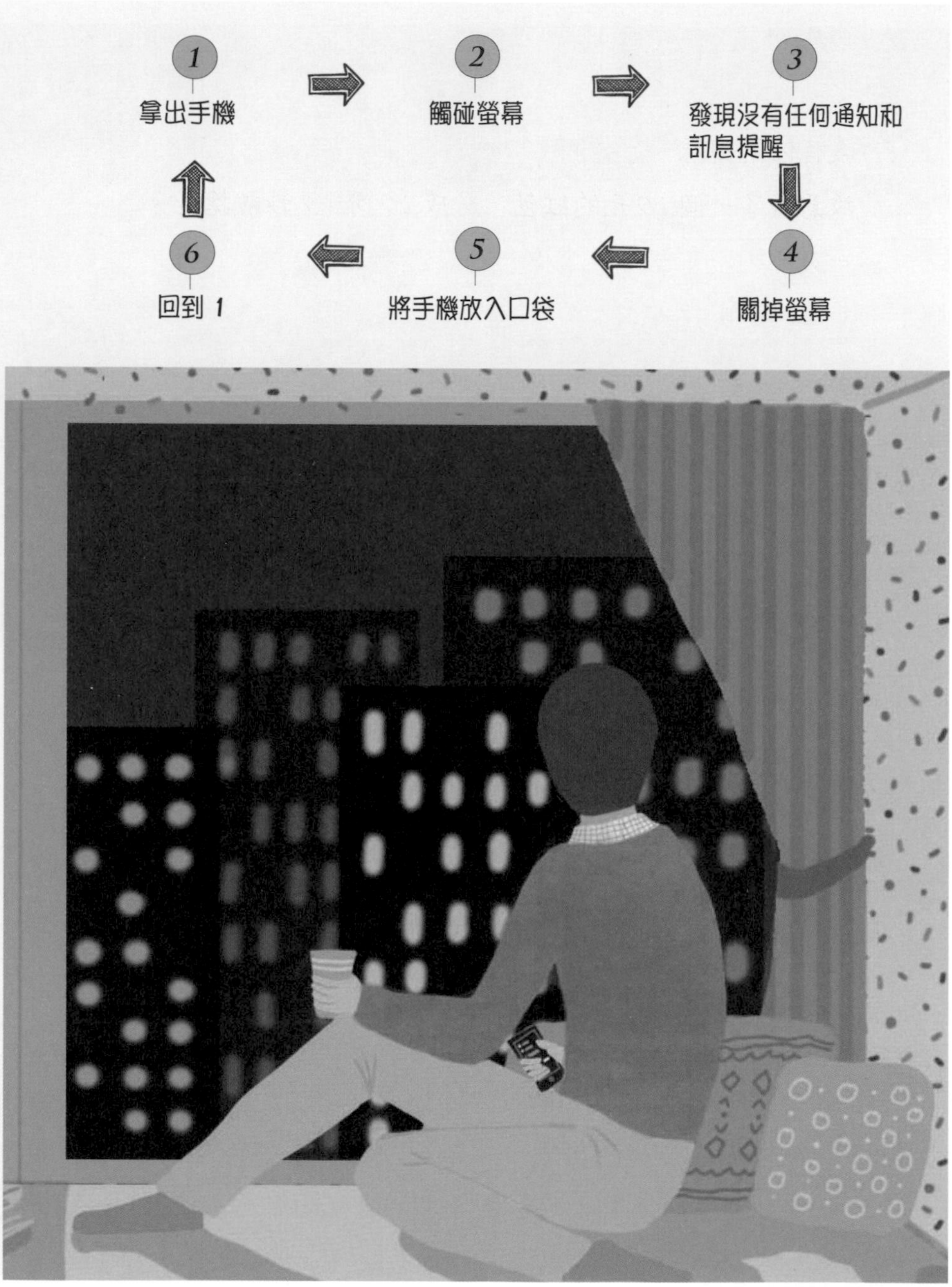
1
拿出手機
2
觸碰螢幕
3
發現沒有任何通知和訊息提醒
4
關掉螢幕
5
將手機放入口袋
6
回到 1

微信群，好多人。

夜晚難過著，發了一句：「有人在嗎？」

沒有任何回應。

故意發了一個10元的紅包，分成20份，7秒被搶光。

一激動，發了一句：「你們都在哪兒？」

沒有任何回應。

One Hundred Years of Solitude
Of Human Bond
Pride and Preju
OPEN
9:00~17:00
當妳孤獨時，妳得相信絕對有人正躲在角落偷偷愛妳。

OPEN
9:00~18:00
KEEP
CALM
AND

花了十七小時四十分鐘把北京四環走了一圈；
花了十小時四十七分鐘把北京三環走了一圈；
忘記花了多少時間把北京二環走了一圈。

——@張天壹

整理通訊錄，思考人際關係，從裡面抓人聊天。

——袁牧

北京這個城市太過孤獨。

當初拚了命考研究所終於躋身其中，來了之後，發現周圍的人都太過冷漠。

沒有閨密、沒有至親、沒有很多。

當某一天，天氣好，恰好又有很想看的電影，但翻遍了手機都找不到一個合適的人陪妳。

當妳想哭時，找不到一個合適的肩膀靠一靠。

終於明白，為什麼那麼多人獨自走路時會一直戴著耳機。

如果我們找不到合適的伴，那麼就假想這個世界上只有我們一個人。

——果兒

$\sin^2\alpha = \frac{1-\cos 2\alpha}{2}$
$\cos^2\alpha = \frac{1+\cos 2\alpha}{2}$
粉筆
打開許久未用的微博，提醒有 21 條私信，激動到手抖，結果全是新聞⋯⋯。

孤獨，就是一個人吃完了所有的食物，發現還有辣椒，於是就一粒一粒品嘗辣椒。
——熊彼得
打電話給朋友，聊天五分鐘，回味兩小時。
——花吃了那少年

找一部國產喜劇爛片，看裡面的低俗笑點。

去超市買一個 2 公斤的火雞腿，站在廚房把它的肉剔下來，按半公斤一袋放進保鮮袋，送進冰箱冷凍。

翻一部文藝片出來，看裡面的人在生活裡忙碌。

去宿舍區找那隻黑色的貓，摸摸牠下頷的毛。

把過季的衣服洗好、烘乾、疊起、放進箱子。

睡覺。

想一個人。

—— Lennoh

Dale
Smoothie
MILK MOCHA
R-11
L621
COCONUT
Leggo's Bolognese
Napoletana
Tropicana 100

第二章

孤獨是什麼？

老師說只有天才、英雄才有資格孤獨，
其他人都是寂寞。

後背長痘點茶樹精油的時候。

——質數龜

一個人在家買菜、做飯、鼓搗（按：撥弄、擺布）出來了三菜一湯，收拾洗碗、拖地後站在鏡子前對自己說「你真棒」的時候。

——陳皓宇

二〇一一年一月二十一日，微信一．〇上線。打開應用程式，映入眼簾的是一幅深邃的畫面：一個小人兒孤零零的站在龐大的藍色星球外，眺望著遠方的家園。開發者張小龍希望用這幅畫傳遞微信的用意：人很孤獨，需要溝通。

我怎能倒下？我身後空無一人。

「孤獨」這兩個字拆開看，有小孩、有水果、有小狗、有蚊蠅，足以撐起一個盛夏傍晚的巷子口，人情味十足。

稚兒擎瓜柳棚下，細犬逐蝶窄巷中，人間繁華多笑語，唯我空餘兩鬢風。

── 小孩、水果、小狗、蚊蠅當然熱鬧，可那都和你無關，這就叫孤獨。

人生就像喝水，「孤——獨——孤——獨——」的，一輩子就沒了。

你可知道「茴」字有幾種寫法？

第二杯半價。

組長：「就你一個人沒交作業。」

畢業離校時，遊戲裡釣了個好東西，轉頭炫耀時才發現整個寢室就只剩下自己，當時的感覺真像挨了一記悶棍啊。

我天性不宜交際。在多數場合，我不是覺得對方乏味，就是害怕對方覺得我乏味。可是我既不願忍受對方的乏味，也不願費勁使自己顯得有趣，那都太累了。我獨處時最輕鬆，因為我不覺得自己乏味，即使乏味，也自己承受，不累及他人，無須感到不安。

——周國平，《風中的紙屑》

那天天氣很冷，街上來來往往都是準備過聖誕節的人，我走進一家咖啡店，點了一杯咖啡，在氤氳（按：音同「因暈」，煙雲瀰漫的樣子）的霧氣裡，我看著落地窗外手拉手的情侶和溫馨的一家三口，發了一會兒呆。忽然有人問我對面的位置有沒有人坐，我搖了搖頭。那人把椅子搬走的那一刻，我看著空蕩蕩的對面，忽然覺得好孤獨——前所未有的孤獨。

——一隻雞腿子

孤獨是心裡裝著時刻想念卻無法得到的人。

凡是能毀掉一個人的東西，都可能成就一個人；凡是能成就一個人的東西，都可能毀掉一個人。孤獨也不例外。

——王路

來到孤獨朝聖者歇息的地方，我靜靜的站在祂的墳旁，聽到有人低聲細語：「多愜意啊，我獨自享有如此寬廣的床。」

暴風雨怒號、雷霆咆哮、風暴即起，凌空呼嘯，而我的心境平靜，靈魂安詳，所有的眼淚被一掃而光。

主人的召喚迫使我離家出走，沒了遠親近鄰，我孑然一身。

一場傳染病致使我黃泉命喪，而我的魂仍在宅邸上空翱翔。

告訴我的好夥伴、我最可愛的孩子們，別為我的逝去而哭泣流淚。

那隻領我穿過狂風惡浪的手溫和的指給了我回家的路。

——鮑勃．狄倫著，秋子樹譯，《孤獨朝聖者》

只想說，看到那麼多回答發現「啊，原來大家都會這樣」，不知怎的，就覺得沒那麼不好過了。

——貓右右

突然想起來曾經 dating（約會）過一個日本的男生，他跟我說的最後一句話就是：「祝

妳永遠不孤獨」。當時我心裡想，孤獨又不會怎樣。

後來我發現其實孤獨的真正含義是，當你希望有人和你說話時，你只能和自己說話；當你想要有人和你分享美食時，你卻只能吃掉一點點，剩下的必須扔掉；當你覺得應該有人和你一起分享此時的美景時，你只能拍下照片，好留著有機會訴說。

孤獨，大概就是當你覺得你不應該是一個人的時候，你卻是一個人。

——攬月聽風

柴靜：「你那時候被嘲笑過嗎？」

周星馳：「也沒有。」

柴靜：「連嘲笑都沒有？」

周星馳：「連嘲笑都沒有，對。」

我這人，孤獨了一輩子，連壽衣都是自己穿的。

——銀教授

可以回憶一下當年，只有你一個人在卵細胞內，你的億萬同類隔著細胞膜說你壞話、嫉妒你的時候。

其實從一開始，人的本質就是孤獨。

——王諾諾

別人稍注意你，你就敞開心扉，你覺得這是坦率，其實這是孤獨。

人生就是你身邊睡著一隻老虎，你會恐懼、逃避。如果你不知道這一切是幻覺，就成了問題。你要騎在牠上面，撫順牠的毛，人生的目的是要和老虎睡覺。

孤獨，就是這樣一隻老虎。

我永遠忘不了那一年，一個男孩在陌生城市的出租屋裡，外面很黑。突然，男孩像發了瘋一樣衝到窗前，對著街道上剛剛路過的灑水車大聲的說「謝謝」。因為，那天灑水車路過時放的音樂是〈生日快樂〉。

哭得歇斯底里，但最後連一張紙都沒有人遞給你。

——@

出國九個月，國內手機門號的訊息共有：
四十條聯通服務；
三十二條廣告；
十二條支付寶驗證碼；
兩條微信驗證碼；
一條銀行通知。

——@七先生

一個人去開刀，朋友說陪我，結果爽約。
然後我做完手術，一個人坐計程車回家，臥床休息一個月。
只能吃流質飲食的我，那個月見到的唯一的人，就是粥店外賣小哥。

——@吃藕少女

在孤獨中，一個人要像一支隊伍。

——Tibullus

一個人在外留學，春節的時候在房間端著泡麵，看轉播延後的春晚，這就是孤獨吧。

——@Vincent

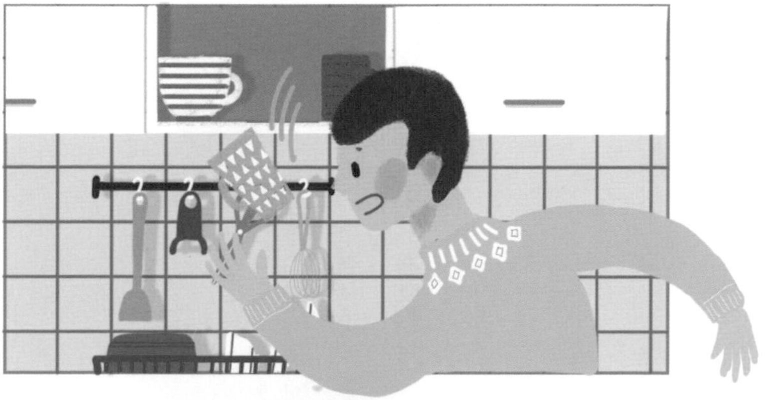

孤獨是，早上急忙出門，東西被自己弄掉到地上。

晚上回到家，它們還安靜的躺在地板上……。

孤獨是，你在某個時間點忽然想起一件有趣的事，卻無人分享。

一個人住第四年。

——lurveeee

最近自言自語到走火入魔了，剛才我一邊把右手拿著的，吃完早餐的塑膠袋遞到左手上，一邊嘴裡冒了一句：「給你。」

——走飯

一個人上班、下班。
每天上班都是貼著笑臉給同事，卻沒有一個笑臉給自己。
想找人傾訴一下現狀，卻發現通訊錄裡只有父母，但又不想讓父母擔心，在手機上輸入自己的感受，第二天就刪除了。

——@小小二叔

別人等送傘，而我等雨停。

有一種孤獨是，你和大多數人一樣時，覺得孤單；當你和大多數人不一樣了，仍然孤獨。

世界上最孤獨的鯨魚

在廣闊幽深的海洋，迴盪著一頭鯨魚特殊的歌聲。不同於一般鯨十五至四十赫茲的歌聲頻率，這頭鯨的歌聲頻率為五十二赫茲。

這意味著什麼？

這意味著，牠的聲音別的鯨魚永遠不可能聽到，而牠唱出的歌永遠得不到回應。從那時開始，人類了解到了牠的孤獨，他們為牠取名 Alice，並對 Alice 進行了追蹤錄音。追蹤紀錄顯示，幾十年的時間裡，Alice 一直在孤獨歌唱著，從溫暖的加州中部到北太平洋的刺骨洋流，牠一路遷徙，一路尋找，卻從來沒有得到過任何回應。

最後一次聽到 Alice 的歌聲是在二〇一四年，因為那一年已經追蹤這頭鯨十二年的比爾・沃金斯（Bill Watkins）去世了。比爾生前是一名海洋哺乳動物研究員，在去世前的幾個月，他把十二年的紀錄總結成文：

「這頭聲音為五十二赫茲的鯨魚不僅是不尋常的，更是獨一無二的。」

此後的時間，人們再也沒有聽到過五十二赫茲的聲音，不知道牠是否安好？

但是很多人還記得牠：英國樂團 Dalmatian Rex and the Eigentones 為牠寫下歌曲〈世界上最孤獨的鯨魚〉；臺灣女歌手陳綺貞創作〈五十二赫茲〉；德國作家 AgnieSzka Jurek 為牠創作兒童繪本。

直到二〇一三年，英國《每日快報》報紙（*The Express*）宣稱：「這頭鯨已經停止了牠尋找愛情的腳步。」但是，還有人沒有放棄尋找。

當電影監製喬舒亞・澤曼（Josh Zeman）第一次聽說 Alice 的故事時，他深深的被打動了：「努力呼喚卻得不到回應，這是人類最害怕的事。我們是群居動物，鯨魚也是。我們理應被愛所包圍，想像一下 Alice 永遠孤獨的尋找，那是怎樣一種感覺啊……。」

Alice 孤獨了幾十年，卻從未放棄歌唱。

在《終極追殺令》（*The Professional*）中，那個女孩跟里昂說：「自從遇到你，我的胃痛就好了。」我想那個胃痛的感覺就是孤獨。

十七歲，我最深的孤獨是，我不挽留，而他們也沒有回來。

十八歲，還有四天高考，坐在桌子前從一個凌晨到另一個凌晨，感覺起身倒一杯水的時間都是奢侈。即便是這樣，還是什麼都不會，一塌糊塗。

任何一個人來陪都好。

——JeffreyLau

曾經以為孤獨是世界上只剩自己一個人，現在認為孤獨是自己居然就能成為一個世界。

——@Ms.z

盛會之上，處處談笑風生，只有你搖著酒杯不知從何說起。

——@JING

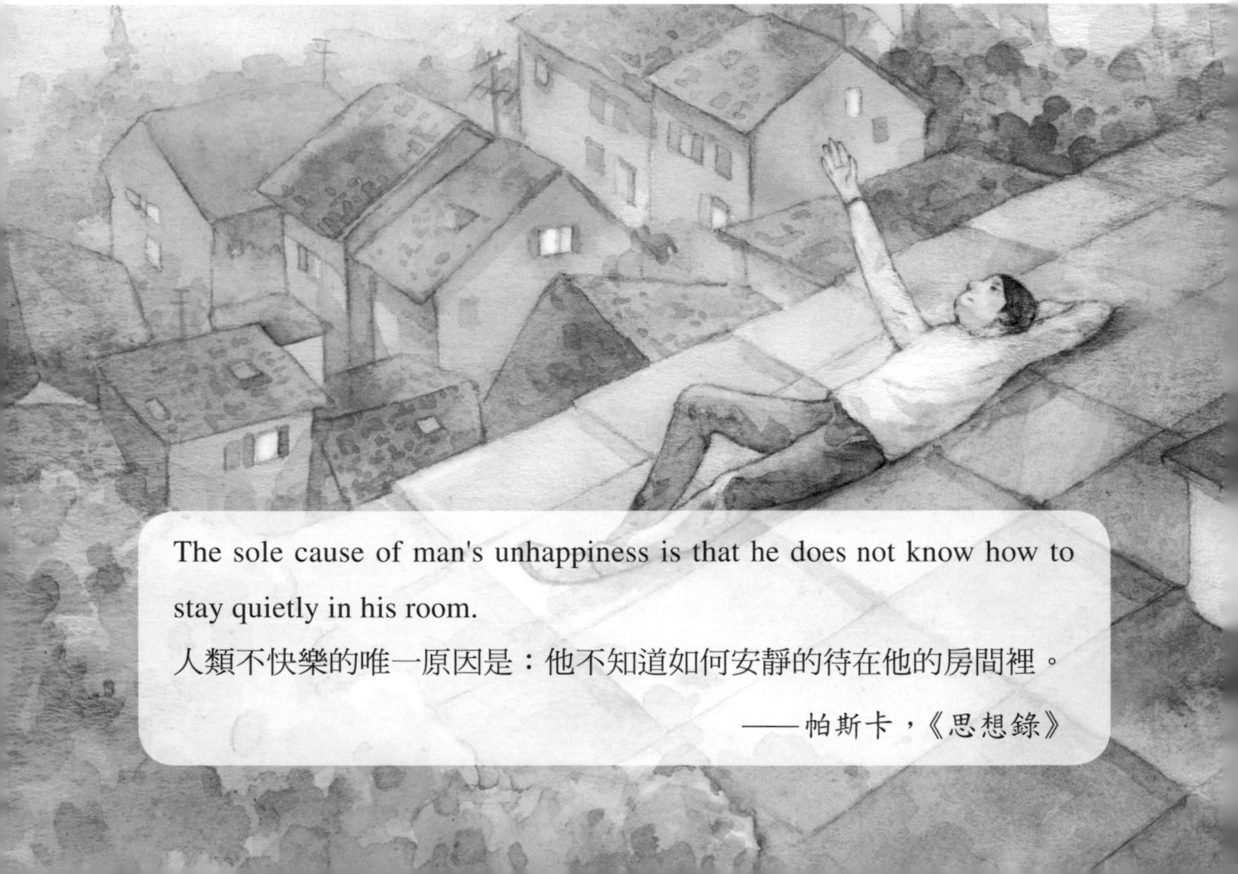

The sole cause of man's unhappiness is that he does not know how to stay quietly in his room.

人類不快樂的唯一原因是：他不知道如何安靜的待在他的房間裡。

——帕斯卡，《思想錄》

十九歲，想找個人陪時，發現通訊錄裡沒有可以隨叫隨到的人。
二十歲，你不合群是表面的孤獨，合群了才是內心的孤獨。
二十一歲，孤獨是背了大半本單字卻只記得一個 abandon（放棄）。
二十二歲，我自己去圖書館，不用和誰約定好時間一起走，不用幫誰占座位。自己到了午飯、晚飯時間就去吃，吃飯自己一張桌。坐兩站公車去電影院看場電影，沒有人打擾你，總和你說情節，哭笑也都是自己。
二十三歲，我三天裡只吃了兩頓飯，沒有一個人發覺。
二十四歲，我的手機相簿裡全是風景。
二十五歲，每個旅途我都想到一句話——如果你在就好了。

——衷曲無聞

你知道鳥在一天的什麼時候開始叫嗎？
我這裡的，四點十五分開始，六點結束。
孤單的是鳥。

——秦耘

人吊髯（按：音同「然」）蘇猶似髯蘇在吊古……大江東去，枕下終夜是江聲。

——余光中，《大江東去》

凌晨四點醒來，發現海棠花未眠。

——川端康成，《花未眠》

孤獨有兩種——弱者的孤獨和強者的孤獨，弱者的孤獨是因為找不到存在感而失落，強者的孤獨是真的自由，我很嚮往。

——凌汐

大隱隱於市，大孤孤於常。

——心不在焉帝

老師說，只有天才、英雄才有資格孤獨，其他人都是寂寞。

孤獨、寂靜，在兩條竹籬笆之中，籬笆上開滿了紫色的牽牛花，在每個花蕊上，都落了一隻藍蜻蜓。

——王小波，《尋找無雙》

曾經如此，此後不再。要記得。

——保羅．奧斯特，《孤獨及其所創造的》

「孤獨是生命圓滿的開始，沒有與自己獨處的經驗，不會懂得和別人相處。」

孤獨沒有什麼不好，使孤獨變得不好，是因為我們害怕孤獨。遇見孤獨、尊重孤獨、完成孤獨也許才是與孤獨相伴的最好方法，由此才能夠在孤獨中生出力量，遇見更好的自己。

——慢慢長大心靜了

主管結婚，整個大廳都是公司高層，作為新來的員工，我不得不跟著同事們挨桌敬酒。無奈幾圈下來，紅的、白的、啤酒、洋酒都下了肚，翻江倒海。

凌晨兩點的路邊，我一個人，抱著一個包，握著一個電量3%的手機，踏著 12 公分的細跟，坐計程車。但那時，我一點也不害怕。

凌晨四點的洗手間，我一個人，抱著馬桶，旁邊放著一瓶水，不停的喝、不停的吐著綠水（按：吐膽汁），嗓子裡苦到沒有知覺。但那時，我一點也不難過。

早晨五點的醫院，我一個人，捂著肚子、夾著病歷、蹲著排隊。陌生人問我：「妳還好嗎？」，我連一個苦笑也擠不出。但那時，我一點也不委屈。

早晨七點，我躺在病房的病床上，護士問我：「妳家人呢？」

我說：「沒有家人。」說完，我的眼淚就流了下來。

——ALEX YA

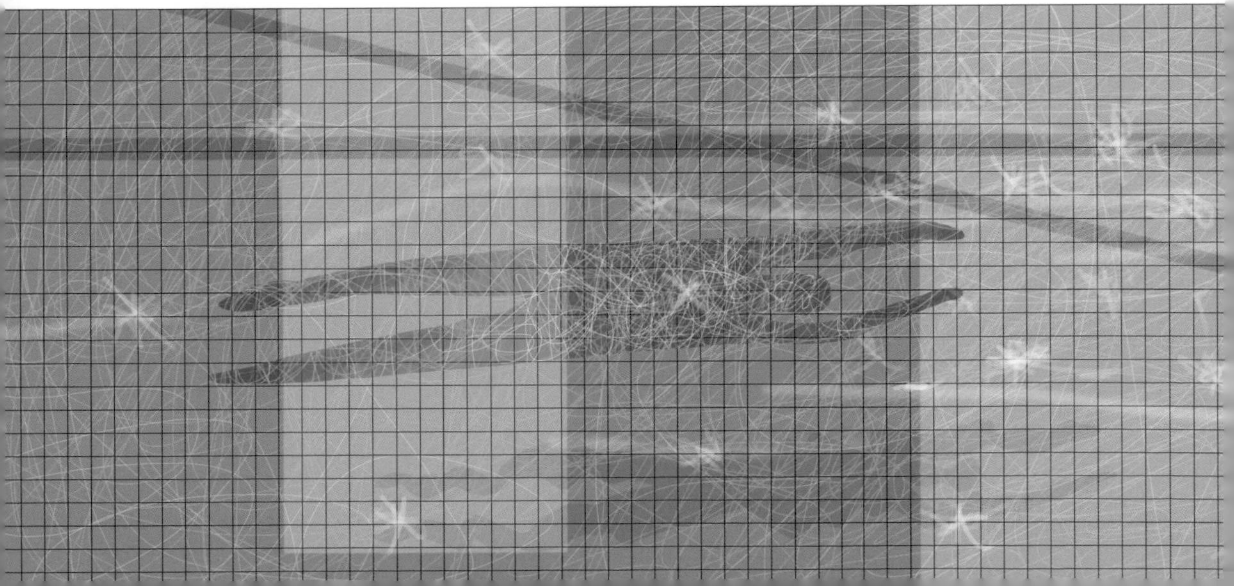

許多追求自由的人往往是孤獨的，因為孤獨意味會少很多（親情、愛情、友情等）情感羈絆和其他方面的考慮，可以把自己有限的時間和精力盡可能的用來關注自己、發現自己喜歡的、做自己喜歡的事，使得自己可以盡情的、自由的追求自己想要的。

低品質的社交不如高品質的獨處。

——何善尼

想看什麼電影就看什麼電影，想聽什麼歌就聽什麼歌，餓了就下廚房做自己想吃的飯菜，飽了就躺在沙發上看自己喜歡的紀錄片，想到還有一些書沒有看完，隨手就可以拿起來繼續讀。不用將就，不用等待，不用去取悅他人。這樣的生活，也沒有什麼不好的。

只是偶爾遇到好看的電影、好聽的歌曲，想透出胸腔，說給別人聽，發現周圍空空如也，多少會有點落寞。但勝在平時自由自在，倒也十分開心。

——曾少賢

待人友善是修養，獨來獨往是性格。

——折翼的蜜蜂

我想：「這世上還有一個人，理解我、支持我、陪伴我，她知道我全部的努力和付出，知道我所有的畏懼和缺陷。她會待我不離不棄，那個人就是我自己。」

假如你在世界上是孤獨的，完全孤獨的，你就把這種孤獨當作你的安慰和你的力量。

——霍德華・法斯特

其實每人都有孤獨感，喧囂中的人，內心可能是孤獨的，這種孤獨是與生俱來的，有人多些、有人少些，但內心都渴望被安撫、理解。

——張藝謀

這個家庭的歷史是一臺周而復始無法停息的機器，是一個轉動著的輪子，這個齒輪，要不是軸會逐漸不可避免的磨損的話，會永遠旋轉下去。

——馬奎斯，《百年孤寂》

一個人看書時，聯想到一個只有我們倆才懂的梗，想跟他說，卻想起來他已經不在了的時候。

一個人旅行，有的時候會很想拍張全身照。

自己一個人住，在房間裡找不到手機。

叫了外賣後不敢去洗澡，一個人等著。

孤獨不是在山上，而是在街上，不在一個人裡面，而是在許多人中間。

——三木清

社交場合中的閒逸是令人厭惡的，因為它是被迫的；孤獨生活中的閒逸是令人愉快的，因為它是自由的、出於自願的。

——盧梭，《懺悔錄》

我寧願一個人孤獨的去經歷人世的風波，去嘗一切生活的苦味，我不要安慰和同情，我卻想把安慰和同情給別的人。我已經這樣的過了幾年，這種生活不一定是愉快的，但我過得還好。

——巴金

真正的寂寞是一種深入骨髓的空虛、一種令你發狂的空虛。縱然在歡呼聲中，也會感到內心的空虛、惆悵與沮喪。

——古龍，《那一劍的風情》

有一次猶新的孤獨記憶：大學畢業後在城市裡工作，當時所住公寓的房東有事臨時通知一週後搬家，下班後我拿著印有出租房屋廣告的報紙，走在陌生的街道上，邊走邊打聽，身邊匆匆路過的都是回家的人，那個時刻覺得很孤獨。

——琅琊閣書童長

夜深忽夢少年事。
當時共我賞花人，點檢如今無一半。

——晏殊，《木蘭花》

被迫置身於人群的時候，往往是最應該自守孤獨的時候。

——伊比鳩魯

孤獨是什麼感受？
洗了頭、化了妝，一個人在街上走了一圈，然後回家……。
坐火車時別人要和你換位子……。

一個人在黃昏醒了，房間裡空蕩蕩的，心裡很難受。

無所事事時比忙的時候更強烈。在熱鬧的人群中、繁華的街道上，孤獨感比一個人宅在家裡時更強烈。所以想真正一個人優雅的生活，那就學著逼自己出門，或者逼自己忙起來。用裝×的話就是，身體和靈魂，必須有一個在路上。

最孤獨的時候是一個人在陌生的城市工作。大半夜一個人騎著腳踏車在馬路上狂奔，時時叮囑自己要注意安全，因為出意外了不會有人第一時間知道。

回到住的地方常常空空蕩蕩，所有瞬間想說卻無人可訴的話漸漸成為沉默。甚至在寂寞的黃昏一個人坐在馬路旁看人來人往，那個時候，好想當時喜歡的男孩，希望他在我身邊，可是你看，我還是一個人，孤獨是終身的滋味。

罷了就獨自成為絕唱，現在漸漸學會了與孤獨相處，不過，如果可能，真想給當時那個孤獨的女孩一個擁抱，告訴她：「妳從來不是一個人。」

比如現在，我在站裡，爸媽在站外。

離開家，踏上火車那一刻，還沒意識到，
從此故鄉只有冬，再無春、夏、秋。

孤獨到死是一個天才最好的歸宿，畢竟，這個世界配不上他。

——同一種調調

不必裝作孤獨，也別說你悲傷，你去看看山河，從來都是那樣。

——老樹畫畫

世上只有一種英雄主義，就是在認清了生活的真相之後，依然熱愛生活。

——羅曼・羅蘭

孤獨是一座花園，但其中只有一棵樹。

——阿多尼斯

不滿意所有的人，也不滿意我自己，我想在黑夜的寂靜和孤獨之中贖回自身，品味自己的驕傲。

——波特萊爾

我想大概有三種境界：

- 我告訴你，你不懂我。
- 我向你解釋，你不懂我。
- 我他媽的不想說了。

——晏奕夫

生命從來不曾離開過孤獨而獨立存在。無論是我們出生、我們成長、我們相愛，還是成功、失敗，直到最後的最後，孤獨猶如影子一樣存在於生命一隅。

——馬奎斯，《百年孤寂》

一個人旅行，在臺北一家期待已久的小餐館吃飯，點了四樣菜。老闆娘硬給我去掉了一樣菜，說：「你就一個人，哪裡能吃得了這麼多啊。」第一次感覺到，如果身邊有人可以跟我一起分享這份快樂和期待就好了。

幸福無法分享，就是孤獨。

——顧鵬

孤獨本身是一種享受，可以不在意他人的眼光和感受，做自己喜歡的事。

我喜歡看動畫片，身邊朋友並沒有相同愛好者，每次新的動畫電影上映，我都是一個人去看，享受動畫片的樂趣，不需要他人的陪伴，也不需要他人的理解。

一個人看電影一年多了，並不是沒有朋友相邀，而是習慣一個人之後才發現，一個人看電影是種巨大的樂趣，可以在欣賞電影本身的同時，觀察周圍的人和事，可以沉浸在自己的世界中，不必去應付身邊人。

我認為，消除孤獨，最先需要做的就是享受孤獨。

——黎蔥蔥

不介意孤獨，比愛你舒服。

——陳小春，〈獻世〉

我更欣賞作家佩索亞（Fernando Pessoa）提起的孤獨的快樂。他說：「讓我一個人待在屋裡，和我巨大的平靜待在一起。」

其實，和世界交手的這許多年，不管你是否光彩依舊、興致盎然，始終都會有人為你喝彩，而那個人就是你自己。

第三章

與孤獨相處的方法

人生就是你身邊睡著一隻老虎，你會恐懼、逃避。
如果你不知道這一切是幻覺，就成了問題。
你要騎在牠上面，撫順牠的毛，人生的目的是要和老虎睡覺。
孤獨，就是這樣一隻老虎。

怎樣才能享受孤獨？核心就在四個字：取悅自己。古人說，女為悅己者容。把自己打扮得漂亮一點，穿上最喜歡的衣服，去吃最喜歡的東西，看一場想看的電影，做一次按摩，泡一個舒服的澡。女人要學會和自己約會。只有妳真正愛上自己，妳才有愛上別人的能力。也只有真正愛自己的女人，才值得別人去愛。

——布林費墨

看紀錄片。

看茫茫天地之間煢煢孑立（按：煢音同「窮」）的人們，如何描繪屬於自己的故事；看腳下的螞蟻，渺小的軀體，將食物高高抬起；看億萬光年之外，巨擘的星系，散發耀眼的光芒；看歷史的洪流，包裹著世間萬物，浩浩蕩蕩。

當你把視野放大到國家、區域、全球、太陽系、銀河系乃至整個宇宙時，會發現自己的孤獨感不再那麼濃烈，好的紀錄片，能治癒你心中的孤獨，彌合你精神上的創傷，更能讓你發現，這個世界上，有那麼多新奇美好的事物，真好。

我不怕孤獨，因為我沒有將它放大，我只是把它不斷縮小、縮小。

——曾少賢

很孤獨的時候，我出門走路。

戴上耳機揣上鑰匙帶點零錢，默不作聲就出門了。

最近三年，我在三亞。三亞這個地方很妙，有山有海，還有很多樹，黃昏普遍很美，夜裡時常有風，雲朵是一簇一簇、一層一層的。

如果我三分孤獨，我就從我住的南區下很多樓梯、穿過地下通道、路過白鷺溪，看一會兒荷花和水葫蘆；穿過椰樹長廊，走到東區，路過長長的樹蔭，那些樹投下影來，覆蓋了整個路面，像印花一樣漂亮。

我一路穿過籃球場、網球場、羽毛球場，到了東區操場，我就在東區操場漫無目的的繞著跑道走，耳機裡是單曲循環的音樂。然後，隨便多久，我覺得合適了，我就停下來，往回走。

如果我五分孤獨，我在走到東區操場以後不會停下，我會繞過大轉盤，繞過大榕樹，走上長坡，然後再走一條很長很長的長坡。

那條坡並不如別的路整潔，有些破破爛爛的，兩旁都是繁茂得嚇人的樹，走起來，就像在森林裡。

我經過那條坡，繞過商店街，穿過北三操場、穿過校車站，就到人工湖了。然後就是下坡。我往下走，路旁通常有社團在練習，跳舞的、排練的、溜冰的，有時候我看一會兒，有時候我不看。

再往下走很長一段路，有一片巨大的廣場，後面的建築是圖書館，但我也許在前面停下。找個臺階，坐下休息一會兒，看人來人往，車來車往，看那些虛妄。

我想了很多，也什麼都沒想。唯一確定的是，我從沒開口說話。

等我覺得合適了，我就起來，聽著耳機裡的歌，繼續走。又到大轉盤了，然後，我穿過椰樹長廊，長長的，椰樹長廊。

如果我八分孤獨，穿過長廊最終走到學校正門後，我就不往右轉回南區了。

我就出了校門再往右轉，學院路是一條車子通過時塵土飛揚，但無論如何還是很美的路，穿過它，我能看見圍牆裡的南區和樹林深處的落筆峰。

這條路很長很長，走到轉盤處，往右是萬科，往左還是它。

萬科森林也美麗極了。

我會一直走，走一個小時、三個小時、五個小時、八個小時。

直到我覺得合適了，直到我的耳朵、我的腳步、我的內心告訴我合適了，我就回來。

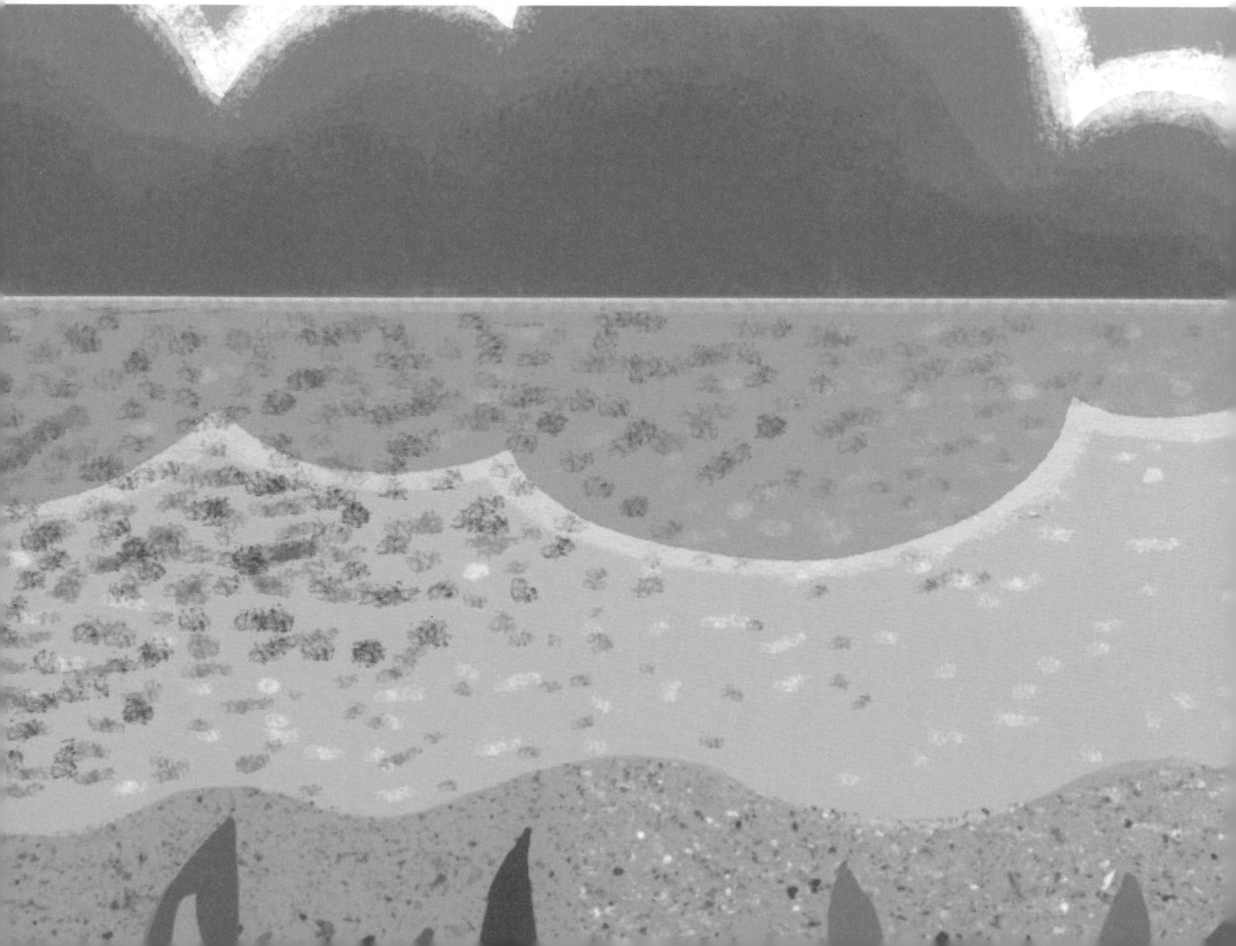

如果我十分孤獨，我會離開。到一個很小的地方，或許是個小島、或許是個小鎮、或許是個漁村。

我在那裡住下，幾天就夠了。

我把手機關機，每天看看日出、看看夕陽、走走沙灘、讀讀閒書，和陌生人說話，或者不說話，等我覺得合適了，我就回來。

——頌啊

如果已經感覺到了孤獨，就沒有辦法享受了吧。

獨處，是可以享受的。

比如，認認真真的為自己塗上新買的指甲油；開著音樂，為自己認認真真的做一次可樂雞翅和番茄蛋花湯當晚餐；認認真真的做一期無可挑剔的翻譯；認認真真的寫一次知乎回答；認認真真的收拾房間、整理衣櫃，把化妝品擺放整齊；認認真真的看完一章英文版教科書；認認真真的計畫下一次去普羅旺斯的旅行，訂機票和旅館；認認真真的發呆；認認真真的賴床；認認真真的做白日美夢；認認真真的看別人寫的知乎回答；認認真真的按讚；認認真真的收藏。

我說孤獨沒有辦法去享受，因為孤獨本身就與享受這件事沒有什麼交集，如果硬拉扯出

「我享受著，我的孤獨」，這不就是矯情嘛。

但是獨處時的孤獨感是可以避免的，我一個人留學，大部分時間都是獨處的。我以前認為一個人做事很可恥，覺得那是因為我不夠惹人愛，惹人愛的孩子一天到晚都有人陪，但後來我發現不是這樣，人都是獨處的時間居多，為什麼我做每件事都要等別人來陪我？

等別人陪我逛街、陪我看電影、陪我泡圖書館、陪我旅行，一直在等別人發現我，可這些事我自己也可以做啊！

我的經驗是，唯有專注這件事可以避免孤獨。

把手頭的每一件事都用心的去做，狠狠的死摳做到最完美，本身這個過程就在享受獨處了，專注是件很性感的事。

找人陪能不能避免孤獨感？

我覺得不一定，其實有時候一直有人陪，陪著時反而會反向尋找自我的空間，而且一旦那人不在了，又會不適應，愣怔的重新回歸孤獨，所以外向求助不能真正解決問題。

我們都有過這樣的經歷，即使有很多朋友相伴，也許在聚餐，也許是唱卡拉ＯＫ，你還是會有孤獨感，因為我認為有些社交行為也許是面子上必要的，但不一定是心靈上需要的。

如果要享受獨處，先學會認認真真的獨立完成一件事，然後是第二件、第三件、第四件……直到不會再有焦慮感，因為你一直都很專注的活著。

——Mengfan

你沒有走出屋子的必要。你就坐在你的桌旁傾聽吧。
甚至傾聽也不必，僅等待著就行。
甚至等待也不必，保持完全的安靜和孤獨好了，這世界將會在你面前蛻去外殼，它不會別的，它將飄飄然的在你面前扭動。

——卡夫卡

出門餵流浪貓。買包貓糧，超大容量的那種。
去社區公園、去路邊，去所有流浪貓愛去的地方。
一路走，一路找。你會意外發現很多你不知道的事情，
原來這邊的噴泉也會噴水，原來社區的大爺打拳很厲害，
原來樓下那家的小孩已經七歲了，原來廣場舞五點就開始了，
裡面不只有大媽，還有年邁的婆婆。
會有人對你打招呼，問你吃飯了沒，會有人對你笑，
也許還有小時候一口一個親的婆婆，
問你什麼時候畢業呀、有對象沒呀？

原來還有人記得我。
等找到流浪貓，你蹲下，牠們就會簇擁過來，
喵啊喵啊的叫著，
嗯，牠們認識你，
嗯，牠們餓了。
你撒下糧食，牠們開始搶食。
偶爾一、兩隻不太會搶，你額外照顧、照顧，
就會有一種覺得自己好棒、
一切都被自己處理得井井有條的錯覺。
我是被需要的吧。
此刻，你聽不到內心孤獨的聲音，
只能聽到貓咪嚼碎食物，嘎吱嘎吱，好不悅耳。
遠處夕陽西下，殘陽如血。
雲朵一顆一顆鑲在那邊，看起來很乖巧，
它們臉頰是紅的，我是平靜的。

——aniaa

曾經一個人生活很多年，分享一些我知道好玩且不貴的方式吧。其實很簡單，分成兩類，一種是找對地方、一種是找對單位。找對地方指看電影、吃飯、逛街、美術館等等。找對單位是說，持續提供有趣活動的單位，比如各國文化中心，登山、潛水、格鬥、手工協會等等。

1. 專業且有趣的運動（去正確的地方找）。

這是同伴顏值最高的一種方式了。尤其是攀岩圈，養眼的男男女女非常多。

一個人跑步容易放棄，可以選個喜歡的群體運動學下去：格鬥、攀岩、徒步等等。每個都市都有相應的團體，越專業越小眾的運動，裡面狂熱分子機率越高，越容易學得專業，而且同伴素質高，玩得更開心。（以上翻成白話就是，裡面很少「熊孩子」（按：泛指那些惹人討厭的孩子），少有沒禮貌的人，大部分人更寬容、有愛、自律。）

記得那時候玩攀岩，有攀岩國家隊人教你爬，大家一起相約去杭州等地方野攀，當時沒覺得怎樣，離開圈子後再回憶，那真是不可多得的時光。尤其是上海、北京、杭州這樣的大城市，有趣的運動只會多，不會少。上海恒毅攀岩館、上海岩舞攀岩館、北京城市猴子跑酷俱樂部等等，這些是我知道的有高手潛伏的地方。

報名學習前，可透過網路查他們的獲獎經歷等，這比用粉絲數量判斷可靠多了。如果是學格鬥等，多比較幾家再決定，大部分可以試上。看看教學方式、看看其他同學的狀態，有好老師和好環境，學得更愉快，也能多一個朋友圈。

另外，也有收費俱樂部，帶你週末去戶外遊。有嚮導、有保險、有車接送，且路線難度事先標註出來，腐敗遊（按：一種優閒的旅遊方式。多指聚餐及吃喝玩樂等娛樂活動，一般都有行程輕鬆、住宿安排妥當、可品嘗美食、盡情購物等特點）、攝影遊、休閒遊等。車錢、門票等，費用AA制，事前有全程預算。

某次跟俱樂部人聊天，他說了個很有趣的事情，講活動促成很多對情侶並結婚。這種戶外活動裡，女性數量常常多於男性。這些大多發布在類似於綠野戶外網、三夫戶外旅行、北京繩索技術協會論壇之類的網站上。

某些愛好者贊助協會，組織收費非常低廉，而且培訓人員基於愛好來做事，特別專業。某些俱樂部收費貴，但是僱用了專業嚮導、配備救援裝備，也是物超所值。又貴又坑人的也不少。建議了解一些戶外知識後再跟團，更容易判斷哪些團靠譜。

這裡我特別要說，去正確地方找單位意思是，你要找對單位。

靠忽悠過日子的不少，跟一個專業嚴謹的前輩學習，才能走得長遠，玩得愉快。另外各項運動有不少禮儀潛規則，若沒前輩教導，容易犯了眾怒而不自知。那些規則有助於科學友善的持續玩這項運動。

2. **美術館、圖書館、藝術中心（找對地方就行）**。

都市裡面的美術館、博物館等等，基本都是免費的，但大部分人不知道。偶爾幾個收費，也就幾十元。

你試試標註你住處附近的美術館，沒事可以去溜達。展覽過一段時間會換個主題的，可以多溜達幾次。我經常去炎黃藝術館溜達，裡面好多國畫展，非常有趣。大都市的圖書館也都非常讚，可以多去溜達，不要浪費你繳納的稅金。而且在同主題區，很容易遇到有相同興趣的人。

其次就是特色建築、小巷、公園、夜景等等。這些在旅遊景點推薦上看一次，能了解八九不離十。另外還可以看英文的景點介紹，老外喜歡去的地方，一般也不會差。他們景點推薦裡面，有不少冷門特色小店等等。

3. **聽講座，向專家提問**。

住都市另一個好處是，有很多高品質講座，且大多免費。而且線下活動常有現場提問機會，你可以直接提問專家。你的疑惑，更容易被解開。

想直接跟獵豹CEO傅盛、小米創辦人雷軍、各大創業專家C某零距離溝通，都可以從線下活動找到機會——包括投資人和天使。

學習國畫時，我遇到不少疑惑，在QQ群裡面討論，並無結論。拿這個疑惑去問了插畫家老樹畫畫，也問了美國的中國水墨藝術家 Ross Lewis，他們從不同角度的回答，解開了我心中的疑惑。尤其是老樹畫畫，他很詳細的解釋，並且旁徵博引，將我對國畫的心結澈底打開了。真心誠意的感謝。

同一個問題，放知乎上邀請，專家未必有時間有心情來回答；跑去參加線下活動，爭取到提問機會，就能得到高品質回答了。

為什麼我要說高品質？因為不但回答給你聽，而且回答給現場所有人聽，他的答案對得起自己的專業。

嗯，記得提問前心裡先想一遍，減少歧義、精簡句子，現場活動一般嚴格控制時間，提問太長會耽誤後面的人。

上海和北京，不少外國領事館的文化中心經常舉辦活動，北京的美國文化中心活動品質很高，且經常更換主題，值得關注。

對了，文化中心的活動，所有人都可以參加。美國文化中心門口刻意列印說明說歡迎所有人參加。帶身分證件過安檢，不要帶太大包包入場就行。

如果你不熟，可以用豆瓣同城搜索，另外每個城市都有推薦活動的微信帳號等。等你去了幾次了解了，活動有私下郵件通知的，也有微信通知的，適當關注就好。

對了……突然想起來有次某外國文化中心辦活動，做了好多好多吃的。大量泡菜和壽司之類，吃不完，最後舉辦者幾乎是哀求大家打包帶走，避免浪費食物（我也不知道為什麼突然想起這個了……）。

4. 加入有趣的單位組織。

每個城市都有許多單位組織等待加入，你可以找到志同道合的人，並且為這個團體做一些事情。

列舉幾個我曾經去過的組織：北京有ＬＧＢＴ合唱團、北京酷兒合唱團（Beijing Queer Chorus）的小站，非ＬＧＢＴ也可以加入，跟他們一起唱歌，很好玩。我還參加過學手語的活動，但想不起來是哪個協會了。包括週日做慈善、戶外救援、環保主題等等，都有相應單位組織，能找到一群人。

我推薦有空的青年加入Google Developer Groups，這個在大部分城市都有單位組織。我加入過上海ＧＤＧ和北京ＧＤＧ，他們會舉辦很多跟技術有關的活動，分享各種有用知識，都是免費的，很多活動不但免費，還提供食品飲料和額外小禮物。

加入這個，你不需要是工程師，只要你感興趣，願意提供時間來協助活動就可以了。有時候還有額外福利，比如Google Ｉ／Ｏ門票之類，Ｉ／Ｏ門票抽中的機率真的很低……如果你有額外時間，且的確喜歡技術，可以考慮加入這個組織。

關於ＧＤＧ——谷歌開發者社區（China GDG），只是想獲取活動資訊，關注即可。各大城市應該都有這個組織，如果沒有，你可以寫信給總部開辦你城市裡面的ＧＤＧ組織。

其實動起手來一點都不難，因為會得到大量幫助，忙過初建的前一陣後，城市裡面技術愛好者就能經常在一起玩了。這是一場很小型（二十人以下）的技術分享，有超大型活動，也有輕鬆隨意的小型技術交流。主題很多，經常請到行業一線工程師來講解。

如果是剛畢業的新鮮人，可以在舉辦活動、組織會議、邀請講師過程中鍛煉很多，跟你一起合作完成任務的，大多是各個IT公司工程師等等，能互相學到不少。邀請的講師和管理者，常常是C×O，資歷夠，熟悉後換工作也很方便。

我用最俗氣的方式介紹這個組織，希望大家都能參與到裡面，大概因為心懷感激吧。很多年前我在上海，傳統行業，用Nokia（諾基亞），根本不懂互聯網，自卑且內向。有次上海線下活動（因為他們寫了「免費學程式設計，包學會」，我才去），遇到Sting，他鼓勵我參與活動，並且建議我做活動主持，我簡直被嚇懵了……。

活動完成之後，我開始想，如果不那麼內向，其實挺好的。後來參加其他線下活動，我都會盡量跑去前面坐，提問我疑惑的內容。嘗試很多很多次之後，世界慢慢變更大，但一切的開始是Sting對我說：「哎呀，不如你來主持吧？不行了我再補上。」

後來真的去I／O現場，也去Google參觀，雖然沒繼續學Python，已經改行去另一個行業。這一切都源於最初的活動。真心對Sting滿心的感激。

好了，如果想加入呢，可以寫郵件給他們，格式隨便，但講明擅長領域、空閒時間、聯絡方式會更好。

「我是○○○，專業是○○○，擅長於○○○，在○○○應該可以幫忙，○○○的時間都方便的。」希望加入你們。「我的微信號是：○○○。手機號是：○○○。」

其他各個城市戳這個找組織：ChinaGDG 大家庭（按：臺灣可搜尋 GDG Taipei）。

其他說明見：GDG社區是什麼？

英文版見：Google Developer Groups。

5. 一個人旅行（合理安排時間和費用，接下來，找對地方就行）。

可以選週五晚上出發的臥鋪，去附近城市玩兩天，週一繼續上班。

那時候利用這個零碎時間，把附近不少城市都溜達了一遍。一個人在晃晃悠悠的火車上醒來，在另一個城市街道閒逛，多有意思。

有折扣機票時，週末遊玩還能更遠。總之，我曾經一個人去了好多地方，那種自由自在的心情，現在再也沒有了。

一個人旅行，真的也很有趣。

這裡慎重提醒一次，以上一切資訊，並不是標準套餐。花會謝，樹會被砍，人會變，任何單位組織和機構，都有壞人存在，雖然比例不同。請謹慎參考，多用智慧判斷行事。遇到疑惑多搜索多問問朋友，切勿衝動。

6. 看戲劇、舞蹈、電影、演唱會、雜技、相聲等等。

有看戲的時間，也有看戲的心情，一切剛剛好。大麥網（按：中國的娛樂售票平臺）、年代售票、寬宏售票等等，有大量資料。

單身的人，更容易問這個問題。

珍惜單身時光，使勁使勁玩吧。

——大貓布丁

我馬上就到不惑之年，或許我的人生已經過了一半，這就意味著就要從偶像派變成實力派了。

昨天午夜醒來，回顧了一下走過的路，覺得有幾件事非常重要，身體要健康、運動要保持，這樣基本的事情我就不嘮叨了。我就講幾件其他的事情，當作一個大哥善意的建議，希望給那些正在奔向我這個年齡的年輕人一些啟發。

1. 讀書非常重要。

一個善於讀書的人，能夠完成自我對學習的需要。當然不讀書也沒什麼壞處，只是太過沉溺於現實世界，容易讓人蠅營狗苟（按：比喻四處鑽營，只為謀利；不顧廉恥，但求偷生的生活態度。）。

比如你可以透過讀一本傳記窺見別人的人生，你可以讀一本心理學的書洞悉自我的處境，你可以讀一本歷史的書看刀光劍影，明白再輝煌的生命也會塵埃落定。讀書，讓你在歷史、未來、現實、虛空中來回穿梭，然後發現自己生活的更多可能。

所以讀書對於一個人來說，永遠都是進行式，而不是完成式。透過讀書來提升自己，才會遇到更好的人，交往的層面是由自身的素質決定的。你從來不讀書，自然結交的大部分是膚淺和物質的人，聊的無非也是雞毛蒜皮。哪怕遇到更好的人，也會被你嚇跑，話不投機半句多，相逢一笑 Say Goodbye。你是怎樣的人，決定了你會有怎樣的朋友，也決定了你會有怎樣的愛人。

2. 學會與孤獨相處。

一個不能享受孤獨的人，其實是很寂寞的。很多人天天參加各種聚會活動，他無法讓自己安靜下來，因為他害怕孤獨，害怕跟自己相處。因為只要跟自己相處，就需要跟自己的內心對話。所以他需要熱鬧的環境，在其中尋找自己的存在感，所以他其實很寂寞。一個無法跟自己獨處的人，一般不會有什麼大智慧。

孤獨，其實是一種極高的人生姿態，因為你懂得如何照顧自己內心的需要。總有一天你會明白，不管你多麼努力，其實並沒有多少人在意。更多的人只願意看到結果，你的過程如何艱辛，跟他們沒什麼關係。我曾經輾轉幾個航班，行李遺失在機場，耗到下半夜再坐巴士去石家莊，不眠不休，早晨八點到九點開始上課，只為對客戶的承諾，我覺得自己很偉大。但客戶悠悠的說：「你真不應該這麼憔悴。」

所以說，你翻山越嶺，無人體會你的辛苦。你振臂高呼，也少有人分享你的喜悅。說到底，人生就是自我對孤獨的一場救贖，你越早學會越好。

3.找到自己真實喜歡的事情。

匆匆短暫的一生，如果沒有做自己喜歡的事情，豈不是白活了這一遭？做喜歡的事情才能真正激發自己的潛力，也才能完成生命的使命。有人說「我想開個花店」，那你怎麼不去開呢？又說條件不成熟，那你怎麼不去創造條件呢？

寫不出好文章，我曾經以為自己的電腦不夠精美。每天不去跑步，我曾經以為是沒有買到喜歡的運動鞋。懶得去旅行，我曾經以為是還沒有買到心儀的相機和鏡頭。給自己找了很多理由，來當作不去開始某件事的藉口。其實就是缺個一咬牙一跺腳的開始。

很多事情，只要開始邁出第一步，就根本停不下來。

Echo Lee

4. 做真實的自己。

不要去討好所有人，討好得來的人際關係是不穩定的。只有做好自己，才能吸引真正的朋友，而這種關係才能真正持久。對誰都好的人，註定沒什麼真朋友，誰都不得罪，也就沒原則。同樣道理，對誰都愛的人，也就沒有真愛，真愛一個人就是，我對世界上的人充滿愛，但給你的與眾不同。

所以遇到說愛你的人，不必激動萬分，沒準兒他對誰都是如此曖昧。愛上一個人，就是會不同，就是會把世界分成別人和你。

不要把所有人都當作朋友，很多關係不必靠得太近，每天接觸那麼多人，不是每個人都要成為朋友的，很多人就是蜻蜓點水，「你好，我叫某某某」、「很高興認識你」、「再見」。君子之交淡如水，不必交換隱私，也不必加微信，大部分的恩怨愛恨都是因為離得太近，近之則不遜，原本客客氣氣的關係開始變得陰陽怪氣，彼此都不舒服。有距離，才會有尊重。

誰是自己的知心朋友呢？價值觀一致、有一些相同的愛好、在一起有話說，最好有趣一些。交朋友，有趣是很重要的衡量標準。有趣可以體現在某個領域的專業、可以體現在美食上的精通、可以體現在不羈世俗的某種勇氣，也可以體現在聊天時的奇思妙想。因為有趣，所以讓人放鬆；因為有趣，而不必苦大仇深讓人唯恐避之不及。有趣，或許可以歸納為一點，因為找得到自己，所以不會給別人帶來壓力。

5. 成熟的處理感情上的事情。

隨著年齡的增長，你必須明白一個道理，就是你誰都占有不了。你喜歡一個人，喜歡到發狂，你也占有不了她，哪怕你瘋狂跟她做愛，一夜七次，第二天穿上衣服，她還是她，她絕對不會變成你的一部分。每個人都屬於他自己，你能做的只有陪伴。任何試圖宣布占有對方的人，最終都會被挫敗，淪為感情的囚犯。

相愛之後，誰都無法保證不會再遇到更心動的人，面對更有錢、更好看、更溫柔、更符合期待、更懂你的，你是繳械投降還是堅貞不屈？所以愛情絕不僅是衝動與激情，而是一份承諾。愛上你所以對你有承諾，因為這份承諾，再心動也會把心中的蕩漾控制得波瀾不興。

我覺得這才是成熟的人格。見一個心動的就愛一個，這種人就是濫情了，而濫情的結果，最終就是陷入虛無主義，因為對誰都愛，便無法獲得專注的回報，沒有這種回報，就談不上幸福感。

6. 接受離開自己的人或物。

人歲數逐漸大了，就要有心理準備接受一些現實，比如父母會衰老離去。在這之前捫心自問是否有回報養育之恩，不管在外如何春風得意，只要父母健在，回到他們身邊就覺得自己還是個孩子。如果有一天推開父母的門，已經沒有熟悉的臉對你微笑，也就意味著這個世界上再也沒有人用生命對你付出無私的愛了。

除了父母，朋友也可能會離開你。在人生前進的這條路上，會不斷有老朋友離開你，他們或許跟不上你的步伐，也可能選擇了其他的路，不要悲傷，他們一定自有好的歸宿。當然，這一路上也會有新朋友靠近你，他們被你堅定的步伐和獨特的氣質所吸引。人生不同的階段有不同的朋友相伴，珍惜這段同行的時光，能不能一起走到最後，何必強求？

朋友會離開，愛人同樣也可能會。我愛的人如果要離開我，我一定只會說兩個字：「好的。」一絕口不問為什麼：「妳怎麼可以這樣對我？我到底哪裡做得不對讓妳如此？」既然妳決定要離開，必定有妳準備好的理由，我不想聽妳謀劃許久冠冕堂皇的藉口。凡是離開的必然本就不屬於我，祝妳好運，從此雲淡風輕，過往一筆勾銷。人生短暫，我不活在記憶中。

最後我總結一下我現在的生活態度，就是：盡己力，聽天命。無愧於心，不惑於情。順勢而為，隨遇而安。知錯即改，迷途知返。在喜歡自己的人身上用心，在不喜歡自己的人身上健忘。如此一生，甚好。

——琢磨先生

本質上來講，我認為，孤獨是一種渴求別人理解的情緒無法得到滿足後，繼而產生的各種消極情緒現象的概括。比如：我很沒用；我的痛苦別人為什麼不知道，類似前一種想法的，僅僅是對自己，對外界的危害還小。而後者容易引發很多敵視別人的負面情緒。

作為一個比較衝動的人，我常犯後一種錯誤，給自己帶來不少的麻煩，但要清楚，無論這些事出於什麼原因，做事的都是自己，自己必須為此負責。應對孤獨，一般人的選擇就是把自己關到一個實體的，或是心裡的小角落裡，不願意讓別人打擾，自己給自己取暖。

不能說這樣的辦法是錯的，但終歸不是更好的解決辦法。

研究生求學生涯中面臨的失敗，進入職場後面臨的工作方面的事、情感上的事，都讓我對這樣的概念有了新的認識。孤獨是別人不理解你，既然這種不理解讓自己困惑了，或是迷了路，那就在自己一個人的時候放開耍一把，或是努力讓自己走出去，讓自己和外界產生互動，因為想讓一滴水不乾涸的辦法只有一個：融入浩渺的大海。

但其實質就是接受孤獨！引申的用法就是把孤獨當作朋友，歡送它離開，也要歡迎它時不時的來串串門。找到自己專屬的BGM（背景音樂），快快樂樂的向前走。如果總是懷著苦大仇深的心態，怎麼走得了這麼長的人生路啊？我自己常用的辦法就是：

1.幹活兒（特別是自己平常不怎麼幹的，又很費體力的那種）。

我有告訴你，一個從來都不會幹活兒的人，在研究生期間刷了好幾次廁所的事？一口氣把活兒幹完的感覺，絕對會給你大大的滿足感，而且對外界無害。別人也會覺得：「哇，你好厲害，平常怎麼看不出來你有這麼厲害呢？」

2.把自己想了很久沒做的事做一次，給自己新的體會。

其實進入職場這兩年，我讀過的書比我上學時讀的多了。當時上了七年學，去圖書館的次數幾乎可以用雙手直接數出來。工作以後讀書的起因，很大一部分就拜這個辦法所賜。也多虧了這個辦法，讓我有機會接觸了《平凡的世界》、《三體》等優秀的作品。這些書擴展了我的思路，並且讓我觸摸到了我欣賞的人物的靈魂，讓我能從他們的角度去思考我該怎麼辦，是很不錯的體驗。

3.在允許的時間，創造一個允許自己撒潑（按：舉動粗蠻、無理取鬧）的環境。

孤獨本身不會把你怎麼樣，但由它而發的各種消極情緒才是困擾人的根源，所以，「忍者神龜」的辦法從來不是好辦法，除了會讓人的心理變得扭曲之外，沒什麼正面作用，所以，得及時釋放。我做過的最瘋狂的事，就是對著大海邊漫漫的人群大喊了一聲：「喂，你好嗎？」當然這個事是特例，常見的例子是，如果在週日時間，我不想學習、不想看書、不想練琴，那我就看《士兵突擊》（按：中國一部軍旅題材電視連續劇）、《火影忍者》、《自來也外傳》，或是打一天的《文明V》（按：文明帝國V遊戲）。怎樣都行啊。

4.寫日誌。

這個辦法是看《自來也外傳》得到的啟發，因為自來也（按：《火影忍者》裡的知名作者）在雲遊各國時，身在異國他鄉，就連他如此樂觀豁達的豪傑也免不了會孤獨，那麼他孤獨時會怎麼辦？我想，不拘泥於寫書的前提，寫些自己的感受、寫些自己的事件，對自己的事件做記錄，也是一個不錯的辦法吧。

我有時候也在想，他在寫《親熱天堂》時是否把對綱手的牽掛、思念和愛慕也融進去了？因為求不得，所以只能把這些看起來好玩的事當作趣事去編故事。他口口聲聲的在綱手面前耍酷：「男人被甩了才會變得堅強。」但他心裡真的是這麼想嗎？我覺得不會。但也就是這樣的孤獨才成就了自來也偉大的人格力量，雖然他自己看來什麼事都沒辦成，並不妨礙我認可他是我心目中最高大的英雄！

其實，從現實方面來講，孤獨往往是自己奮進的契機，我讚賞自來也的態度：男人不是為了享福的。男人在生活裡，應該像海燕一樣，驕傲堅強的翱翔在現實的暴風驟雨中。不論世間對我有多少考驗，我都接受，並且保留還回一耳光的權利。世界賦予了男人用實幹和夢想構成的翅膀，不好好利用它，是不是太可惜了？

——Mike Lau

第四章

看似孤獨，實則自由

假如你在世界上是孤獨的，完全孤獨的，你就把這種孤獨當作你的安慰和你的力量。

——霍華德・法斯特

會想起來主動答這個問題，是因為很快就要入冬了。

老實講，我很怕冬天。天黑得特別快，街上早早就沒人了，連路燈都比以往暗一格。南方的冬天，窗外會有凍雨，我不敢探出頭去看，怕一出門就掉入一個靜默的深淵。冬天的所有狂歡活動，都有種「自我慰藉」的意味，聖誕市集也好，新年倒數計時也好，都是一堆人自發的湊在一起，呵氣頓腳，用人群蒸騰起來的一點熱氣來抵禦漫無邊際的冷，用人為的煙火爆竹4D燈光秀，來對付一言不發的漫漫長夜。

我們好慘。我更慘。

冬天的我，情緒低落、手腳冰涼，印象中我沒有在冬天談過戀愛（是的，我精準的跟情人節、聖誕節這些撒嬌機會擦肩而過），也沒碰上過什麼好事。每年一月，我一邊玩命備考，一邊想把附在身上的瞌睡蟲甩下來。我不敢吃過多的垃圾食品，怕在開春時胖若兩人；我不敢跟他人交談，怕還沒開口，就對上了一雙同樣睏倦的眼。

最慘的，應該是去年十二月，我在臺灣。臺北比上海暖和很多，最冷的時候也不會低到零下去，但冬天這個怪獸還是躡手躡腳的走向我。十二月起，我就不去周邊景點玩了，幾乎整日都蜷縮在單人公寓裡，將空調調到很暖和，一天說不超過十句的話，大部分都是說「謝謝」和「好的」。我離同學們很遠，據說聲音在標準大氣壓的傳播速度是每秒三百四十公尺，所以八卦到了我這兒都已經滯後了。

我外公車禍去世了，媽媽一下子憔悴了很多。我想回大陸，但是手續繁瑣。我跟臺北人的關係馬馬虎虎，我嫌他們天真，他們怪我直白。我開銷很大，時不時去逛百貨商場，我睡得很多，想靠睡眠把很多不知道怎麼打發的時間軋過去。

我清晰的記得，元旦第二天，我跟著人群去寺廟祈願，我當時的願望是，希望我快樂起來。以後還會有很多個冬天，還會有很多孤獨的時刻，希望我擁有讓自己快樂的能力。

又快入冬了，我反覆溫習去年是怎麼跟孤獨相處的，久病成醫，人總是試圖從舊年的破架裡，翻出今年還能縫縫補補穿的新衣。

我想，最重要的是，認清「孤獨很正常，我是個普通人，只能過這種日子」。據我觀察，身邊真沒什麼二十四小時活絡精彩的人，搞學術的半夜從實驗室走回來是常事，搞金融的盯著花花綠綠的資訊，不停的想揉眼睛，就連我高鼻深目的模特兒女友，按理說生活應該熱鬧喧騰吧，不，她的週末內容通常是替家裡的狗洗澡。

接受大部分時間都是孤獨的事實，年輕女孩子們都急切的想找歸宿，恨不得一出父母的家，就進了丈夫的窩，無縫銜接，常年溫暖。但其實婚姻也不保障「全方位高品質的陪伴」，從遠古時代起，男人就要出門打獵，女人獨自在洞口撿果子，那些卿卿我我永不分離的，不是被豺狼虎豹吞了，就是餓死了，能一代代活下來的人，骨子裡就刻著孤獨和承擔的基因。

知道自己也就是個普通人，是一個拖地、擦碗、看黃曉明婚禮實況的普通人，不是一個萬花筒。我有過一段時間，沾沾自喜於自己的有趣，覺得我是這麼一個集萌點和笑點於一身的人啊，為什麼還會孤獨？

但從去年起，我逐漸的認識到，日常生活中，我也就是個做無聊事的無聊人。我現在大四，每天的安排非常簡單，早起吃燕麥片、回工作微信、刷社交網站；然後上課、看書；中午吃飯看劇；下午繼續上課看書；晚上吃兩個水果、跑半小時步、開始寫作。生活品質很低，趣味性也不強，跟人聊天時會被誇兩句「有趣」，但那是反芻後的東西了，不是我嚥下去的粗糙作物。

第二點，是找一件需要專一、並且具有升值潛力的事情，比如練字、學一門樂器、學英語，或者煮菜。我去年在臺灣，頂著對自己「裝腔作勢」的唾棄，買了毛氈毛筆，重新撿回練字的習慣。一開始很難熬，寫兩行就會看看過了多久。怎麼才十分鐘？但一個比較殘酷的道理是，真正值得去做的事情，通常都很耗時間，而且過程也很苦悶，沒什麼樂趣可言。我就是在傾訴欲高漲而可傾訴者寥寥的情況下，開始認真的對待寫作，用鍵盤敲打出一些誠實的、變化多端的念頭的。

第三點，是要足夠勇敢的和一些人生的真相短兵相接。孤獨不僅是一個處境的描述語，更多的是一個心理狀態。我在臺灣時認識一個女孩子，她比我活潑很多，樂意去一切集會，交有用沒用的五湖四海的朋友，去有名的、沒名的大同小異的景點，但她照樣孤獨。

因為她當時在異地戀，男朋友大概算個有為青年，每天陪她聊天的時間很少，少到什麼程度？就是我這種刻薄的女青年一看他們的聊天紀錄，就想說：「男生回覆簡練成這樣，妳為什麼不當他是被綁匪撕票了？現在是綁匪在跟妳聊天，他們想跟妳要贖金，所以假裝那渾蛋還活著。」

她一個人在悲傷裡沉浸了很久，然後有天問我：「是不是異地戀很難成啊？」

我說：「是，」想了想又補充一句：「不過，戀愛嘛，一般都很難成的。」

她說：「其實承諾這些都會降溫的，對嗎？其實世界上壓根兒沒有感同身受這回事，是嗎？可能，他是真的不關心我。可能，以後再也不會有人像爸媽那樣關心我，對嗎？」

我想起我外公去世的消息傳過來時，我在墾丁，跟幾個女生結伴去的。臨時回臺北不現實，但要是垂頭喪氣的待上幾天，就掃了大家的興。所以我沒跟任何人講，那天晚上，一個人走了半小時的路，去海邊坐了很久，開了一罐啤酒，喝完，回去繼續嘻嘻哈哈的討論孫芸芸娘家是不是敗落了。

有時候，孤獨就是「你沒有那麼多話想要對人講，你也知道，沒有那麼多人著急著想聽」。我一直都覺得，生活的真相就像個大峽谷，有人只顧流連上面的景色，膚淺，但是很開心；有人不小心瞥見了底下的深淵，連連退步，拍著胸脯說：「嚇死人了」，但其實你看跟不看，它都在那裡，不會因為你掩耳盜鈴就多擔待你幾分。所以，早點知道那些喪氣的道理，並沒有什麼不好的，降低對人群的期望值，反而是獲得快樂和滿足感的關鍵。

真的勇士，就是明明看到了深淵，卻面色如常的比個V字，人生躲不過生老病死和孤獨，但至少你可以坦然的講，我也曾到此一遊。

最後，就是要哄自己開心。有人哄的話當然最好，假若沒有，也可以自愛。除了買買買之外，做一點無傷大雅的壞事，心安理得的浪費時間，吃高熱量的起士蛋糕，都能讓你感覺「上帝在你臉頰親了一下」，我很主張失戀的人沉迷一段時間，不管是玩線上遊戲還是看看言情小說，都不要緊。在情緒瀕臨崩潰的時候，要是還想著「提升自己」、「豐富內涵」，那簡直就是違反人性的事，漫長大戰中，得失不看一時，沒必要揪著這麼點可憐時間做正經事。

講到最後還是會略微有點淒涼啦。人會感到孤獨，要麼是遠離了同類太久，要麼是把心暫寄在了別人那兒。我一直都覺得，其實冬天才是最適合戀愛的季節，快樂輕浮的夏日戀人，他們的吻跟誓言，像冰鎮汽水裡浮動的氣泡那樣，一目了然，又全憑興致發揮。而凜冬的愛人則需要交換溫度以相盟誓，因為一個人是真的很難赤手空拳的度過冬天的，不信你看，聊齋裡的狐妖都是在寒冷冬天鑽進書生被窩的。

李宗盛有句歌詞我很喜歡，他形容一個帶刺的女孩說，她習慣睜著雙眼，和黑夜倔強無言相對。想一想，大多數人，也就是這樣睜著雙眼，跟孤獨不聲不響的對峙，再和解。

可能冬天本身就是個讓人很抑鬱的時節吧，但有的時候，還是希望有力量，能夠用驕傲的花蕊去擺脫那四季的支配。

——倪一寧

假如你在世界上是孤獨的，完全孤獨的，你就把這種孤獨當作你的安慰和你的力量。

——霍德華・法斯特

- 陸姐的報表沒有交，待會提醒時語氣不能太僵硬。她今天換了新帽子，記得誇好看。
- 晚上回家後打電話給爸爸，不要不耐煩。談上次與他去醫院檢查到的肋骨斷裂，掛斷時說晚安。
- 下班後去小丁那兒打牌，進門對他女友喊聲「大嫂」。關心他們今年的婚期，給予祝福，不能抽菸。
- 中午十二點半修理水管的師父會來，不要提醒人家脫鞋。電話裡聽口音是老鄉，可以攀談問問能不能算便宜點。

我的隨身包裡都會放個小本子，記錄著今天要與誰人打交道、該怎麼說話、怎麼說才能不尷尬。

不知道有沒有人和我一樣覺得，哪怕是與旁人簡單的問候都吃力？在身邊人眼裡，我很豁達樂觀，是能在一分鐘內講三個笑話的男人。可是他們不知道的是，僅那一分鐘，就耗盡我前一天整晚的時間來排練。

只有在萬籟俱靜晚風吹拂之時才能感受到真實的自己，至於那白天圓滑世故忙碌不堪的，只是我的軀殼罷了。

在這紅塵俗世中打滾，免不了你幫我、我幫你，人與人之間的接觸成了必然。我承認我躲不過，但至少回到家中能有一片方寸之地，容我苟延殘喘。亦不想在旁人眼中太怪，只能慢慢學習為人處世彬彬有禮，將它獻給你。

他們互相招呼著，去公司樓下的居酒屋，那裡的豚骨湯燒得順滑且入喉香濃。在狹小電梯裡互相抵著肩膀，眉眼帶著笑意，我說我很期待晚上的冰啤酒與促膝長談，只可惜母親生病，須去醫院照顧。

諸多類似的謊，說得口乾。漸漸的也沒人邀我同去消遣，他們都說，阿宇是個好人，好說話，會講些黃色笑話，只是母親身體不好，有個南京的女友隔三岔五（按：每隔三、五天；常常）搭飛機來福建為他煲湯。

我也樂得輕鬆自在，回到家中將衣物一掛、鞋一甩，跳到鬆軟的沙發上打滾，活在一個人的世界裡真好。有的時候肚子餓了，就打電話給公司樓下居酒屋叫外賣。我可以肆無忌憚的唱著蹩腳的粵語歌，披著寬大舒適的浴巾，抽一根不遭受白眼的香菸，將客廳的燈光調成暖色，拿出從妹妹那兒搶來的粉色凱蒂貓化妝鏡欣賞自己的帥臉。搭計程車到環島路，雙人腳踏車我一個人騎，就這樣飛馳在海邊，越騎越快，越騎越快，直至風聲灌入耳裡時再來個漂移。

你看哪，我一個人玩得多開心！

最害怕的是獨自上街遊玩，突然冒出個人，拍著我的肩說：「嘿，哥們兒」，就像被雷劈了一樣，腦海裡沒有打草稿似的，一片空白，唇齒不停打顫，欲言又止，最後只能趕緊裝作變個臉色，稱吃壞肚子腹中絞痛，落荒而逃。過了下個街角後走兩步再猛然的回頭，見身後無人才能撫胸鬆口氣，心裡盤算著下次與他會面該是怎麼個說辭？說自己繞了三個街區也沒找到廁所，還是去醫院打了兩瓶點滴？

若有人問我這樣活著累不累？我也不知該怎麼回答，只能說是從眾多很累的生活方式裡選擇了一個最輕鬆的。和同事處好關係，拍好上司的馬屁，每晚八點打電話給女朋友，與常人並無兩樣。在取得同事的善意、上司的看重以及一位愛我的女人的同時，我只不過是喜歡安靜一些而已。

我總是一個人去熱便當、一個人泡茶、一個人插花、我把人生中最幸福的時刻都自私的留給自己一個人。

如果你偶爾察覺到我的冷淡，那一定是夜晚，沒有關係，只須再過九個鐘頭，你會再次看到我如同往常的笑容。

在那之前，別打擾我。

——阿宇

一年前偶然讀到個故事。毫不誇張的說，這個故事間接影響了我今後的人生軌跡。

這個故事的主人公是愛因斯坦，一九六〇年代，有一個普林斯頓大學的學生，他是校報記者，有一天接到一個任務去採訪愛因斯坦。而恰巧這個傢伙是物理系的學生，你可以想

我挺喜歡比爾・波特（Bill Porter）在《空谷幽蘭》中的序：「我總是被孤獨吸引。當我還是個小男孩時，我就很喜歡獨處。那並不是因為我不喜歡跟其他人在一起，而是因為我發現獨處有如此多的快樂。有時候，我願意躺在樹下，凝視著樹枝、樹枝之上的雲彩以及雲彩之上的天空；注視著在天空、雲彩和樹枝間穿越、飛翔的小鳥；看著樹葉從樹上飄落，落到我身邊的草地上。我知道我們都是這支斑斕舞蹈的一部分。而有趣的是，只有當我們獨處時，我們才會更清楚的意識到我們與萬物同在。」

——Lunula

像一下，一個物理系的學生能夠採訪愛因斯坦，他肯定激動極了。他看完了愛因斯坦做過的所有訪談，發現沒有一個問題真真正正是懂得科學的人問出來的，他發誓，作為物理系的學生，一定要問愛因斯坦一個真正有智慧的問題，挖出愛因斯坦真正的智慧。

他平常在一個大的圖書館裡面讀書，圖書館裡有個巨大的天頂，桌子上面有綠色的吊燈。讀書讀到凌晨兩、三點，突然來了一個靈感，他想到了一個絕妙的問題。他小心翼翼的把這個問題記在紙上，對折再對折，放在自己胸前左邊的口袋，就捂著回家睡覺了。

第二天下午他就去找愛因斯坦。他跑到愛因斯坦所住的小樓門前敲門，門打開時，愛因斯坦站在他面前，跟照片上一樣：愛因斯坦有一個爆炸頭，穿著一件睡衣，腳上穿著羊毛拖鞋，踩在卡其色的地毯上。愛因斯坦對他點點頭，示意他進去，左手拿著個菸斗。

年輕人就跟愛因斯坦一起走過走廊，進入客廳。客廳約略有三坪多，有一張沙發，沙發旁邊有一個咖啡壺，正在煮咖啡，發出咕嘟咕嘟的聲響，整個房間瀰漫著神奇的咖啡和菸草混合的味道。很多年以後，年輕人回想起那個下午，就想起那種神奇的菸草味和咖啡香氣的混合味。

愛因斯坦坐定，年輕人就問：「作為當代最偉大的科學家，你覺得什麼是這個時代最重要的科學問題？我不要你做出解答，我只想知道什麼是這個年代最重要的科學問題。」愛因斯坦說：「嗯，這是個好問題。」

年輕人很高興，心想自己難倒愛因斯坦了，於是等著愛因斯坦回答。愛因斯坦閉著眼睛，時間過得很慢，灰塵在光線裡面飛，房間瀰漫著咖啡和菸草混合的味道。

大概過了十五分鐘，愛因斯坦看著年輕人，眼睛裡閃爍著光芒。年輕人知道他有答案了，就問他答案是什麼？愛因斯坦說：「年輕人，如果真有什麼最重要的科學問題，我想，就是這個世界是善良的還是邪惡的？」

年輕人說：「愛因斯坦先生，這難道不是一個宗教問題嗎？」愛因斯坦說：「不是，因為如果一個科學家相信這個世界是邪惡的，他將終其一生去發明武器、創造壁壘，創造傷害人的東西，創造牆壁，把人隔離得越來越遠。但如果一個科學家相信這個世界是善良的，他就會終其一生去發明聯繫、創造連結，發明能把人連接得越來越緊密的東西。」

說完這一切，愛因斯坦閉上了眼睛，年輕人知道自己得到了答案，他輕輕起身，穿過那條長廊，把門帶上。第二天這個答案在報紙上登了出來，也影響了很多人，而這個年輕人就是互聯網的創始人之一。

故事講到這裡就完了。

我經常都在想，我們地球在這浩瀚宇宙中其實不過如一葉扁舟，而我們人類自身就更不過渺小如沙礫。我們一生到頭來所有的努力所取得的成就和財富，在這無限的歷史長河中頂多只是幫助人類前進了一小步。其實我們每個人都是一顆孤獨的星球，但我們自身都有發光發熱的機會，可能我們散落天涯，但我們是能聚合在一起的，黑暗中耐心守候，光明中互相輝映。

我們註定是燃燒的一代，我們生命存在的意義僅僅就是自身不斷的發光發熱。

我想，如果生命有一種絕對意義，那並不是我這一輩子能擁有多少權利或者財富，不是我學識是否淵博、見識是否廣闊，也不是我實現了多大的自我價值或者社會價值，而是我對未來世界的信仰，隨之影響著我的每一個行動，其實都是在構成、定義、創造「我」。

一次次選擇我想做的，我就再漸漸轉變成形（成為「我」）。而這一切其實都是面向未來的，所以私以為，我們對於未來世界的信仰，就是人這一輩子生命中所擁有的一種絕對意義。

如果一個家長、一個老師相信未來是美好、和平、互助、友愛的，他對孩子傳達的一言一行就會明確表明什麼是善、什麼是惡，會保護孩子的赤子之心，以身作則給孩子一個更充滿愛意、充滿善良的成長環境，會鼓勵孩子們去向外界傳達善意和愛、去嘗試更多可能、去影響更多人、去改變固有思維、去體驗善的珍貴、去接受惡的痛苦、去用善意和友愛創造一切可能，為了經歷的寶貴和時間的不復返。

最後以哲學家康德的一句話與大家共勉：「如果世界上有兩件東西能夠深深的震撼人們的心靈，一件是我們心中崇高的道德準則，另一件是我們頭頂上燦爛的星空。」

——草莽不英雄

初中的時候，讀到作家賈平凹的《孤獨地走向未來》，原文如下：

好多人在說自己孤獨，說自己孤獨的人其實並不孤獨。孤獨不是受到了冷落和遺棄，而是無知己，不被理解。真正的孤獨者不言孤獨，偶爾做些長嘯，如我們看到的獸。

弱者都是群居者，所以有芸芸眾生。弱者奮鬥的目的是轉化為強者，像蛹向蛾的轉化，但一旦轉化成功了，就失去了原本滿足和享受欲望的要求。國王是這樣，名人是這樣，巨富們的掙錢成了一種職業，種豬們的配種更不是為了愛情。

我見過相當多的鬱鬱寡歡者，也見過一些把皮膚和毛髮弄得怪異的人，似乎要做孤獨，這不是孤獨，是孤僻，他們想成為六月的麥子，卻在僅長出一尺餘高就出穗孕粒，結的只是蠅子頭般大的實。

每個行業裡都有著孤獨的人，在文學界我遇到了一位。他的聲名流布全國，對他的誹謗也鋪天蓋地，他總是默默，寵辱不驚，過著日子和寫作，但我知道他是孤獨的。

「先生，」我有一天走近了他，說：「你想想，當一碗肉大家都用眼睛盯著並努力要吃到，你卻先將肉端跑了，能避免不被群起而攻之嗎？」

他聽了我的話，沒有說是或者不是，也沒有停下來握一下我的手，突然間淚流滿面。

「先生、先生……」我攆著他還要說。

「我並不孤獨。」他說完，匆匆的走掉了。

我以為我要成為他的知己，但我失敗了，那他為什麼要流淚呢？「我並不孤獨」又是什麼意思呢？

一年後這位作家又出版了新作，在書中的某一頁上我讀到了「聖賢庸行，大人小心」八個字，我終於明白了，塵世並不會輕易讓一個人孤獨的，群居需要一種平衡，因嫉妒而引發的誹謗、扼殺、羞辱、打擊和迫害，你若不再脫穎，你將平凡，你若繼續走，走，終於使眾生無法趕超了，眾生就會向你歡呼和崇拜，尊你是神聖。神聖是真正的孤獨。

走向孤獨的人難以接受憐憫和同情。

我很慶幸自己過早的讀過這篇文章，對於當時「中二」（按：形容一些經常自以為是的活在自己世界的人）的我，有一種振聾發聵（按：大聲疾呼，以喚醒愚昧的人）的震撼。它讓我懂得，孤獨是一個大詞，不可以隨意褻瀆。因此從那個時候起，我再也不會說自己孤獨，因為我承擔不起。

一個人久了，難免會產生種種疑慮：這個世界需要我嗎？我的朋友需要我嗎？現在的工作非我不可嗎……認同感出現了問題，如鯁在喉。

只是那些看似過得喧囂熱鬧的人也不見得比你快樂。像上發條一樣的人，恨不得無時無

我愛大風和烈酒，也愛孤獨和自由。

當你經歷過一次無解的孤獨之後，再來安慰自己的就不再是所謂「美好的光明在前方等著我」，而是「他媽的，我那種情況都過來了，現在這樣又算什麼？」。這種實在的自我鼓勵，要比那種自己給自己畫餅似的勉強要扎實得多。

——Lily

曾經我也在某個凌晨獨坐在陌生的山區等待黎明，碰到好心人跟我說裡面地形很複雜，不知道路很危險。那時候入口外很荒僻，時不時傳來喊號子（按：在做粗重工作時，為了號令、動作節奏的統協，以及振奮精神，於是配合勞動喊著唱的歌。）的聲音，就獨自坐在石凳邊等待。黎明初至時，我發現那是我見過的最美的日出和最美的景色。感謝那次經歷讓我明白，黑暗中的某些等待都是值得的。

——Mr. Butterfly

刻都想要娛樂的人，不停在朋友圈告訴你他們在盡興玩的人，也不見得沒你寂寞。

但如果你問一個人孤獨怎麼辦？唯一的辦法就是改變自己。不想一個人，就讓這種狀態變成兩個人、三個人，或者成群。不要妄想會有知己突然降臨，告訴你：「我理解你的一切」，給你一個擁抱，唱一首安眠曲。事實上，沒人在乎你的狀態，他們不在乎，不是因為他們冷漠，而是他們於你的關係並不需要用力的探索。而成年人的難處也在於，即使被捅一刀，也會試著讓刀與傷口連接處慢慢癒合，而不是拔出刀來，濺別人一身血。

唯有改變自己，因為你無法改變他人。

——瓦罐

星星發亮，是為了讓每一個人有一天都能找到屬於自己的星星。

——聖・埃克蘇佩里，《小王子》

我越是孤獨，越是沒有朋友，越是沒有支持，我就得越尊重我自己。

——夏洛蒂・博朗特，《簡愛》

夏天打烊了，冰棍兒還沒吃，秋天到了，可樂還冒著氣，穿山、渡河、漂洋過海看風景、聽歌、讀書、雲淡風輕看回憶。一個人過四季，你只需要向上走，下雨天，也不過只要等晴天，時間很長，我們水到渠成，天冷記得多加衣，一個人也有好風景，好姑娘衣襟帶花，時光不會辜負她。

——盧思浩

我不愛吃水果，從小就是，無肉不歡，而且每次想到「補充維生素」這些字，總有種吃藥的即視感，所以我幾乎從不會主動想吃水果。但這麼多年我能健康活下來，主要仰仗我媽，凡在家的時候，案頭床邊手能摸到的地方總有切好的水果，你不吃都不行。她老人家還時時檢查，哪天吃得少總是免不了挨一頓嘮叨，為圖清淨，我也只好每天跟吃藥一樣按時吃水果。

今年夏天我辭鄉遠行，隻身一人到美國念書，初來乍到事事慌亂，吃飯也是隨便應付，花了好些日子安定下來。那天終於有時間去逛了趟超市，打算買菜做頓正經飯。超市裡路過雞鴨魚肉、蔬菜生鮮貨位，各種挑揀，走到水果攤位前，愣了一下，猶豫幾秒還是硬著頭皮拿了幾個蘋果，蘋果是每天必須吃的；拿了幾把香蕉，香蕉有利腸胃；撿了兩個奇異果，奇異果補充維生素C。

看著袋子裡這些水果，不知怎的忽然就想起我媽了，忍不住搖頭苦笑，原來人的喜好真是可以硬生生扳過來的，再怎麼怕麻煩，我的腸胃還是忠實的履行了它的習慣，走到哪兒都跑不了。

所以你問我關於孤獨的描述，換作以前，我會說：「人生天地間，忽如遠行客」、「一生負氣成今日，四海無人對夕陽」，我會告訴你很多詩句，就彷彿我真的對這些幽微難言的情緒有什麼同感似的。

可活到如今，我行走人間二十多年滿身煙火氣，未經大喜亦未經大悲，反而覺得人生而孤獨不假，來時一人、走時一人是逃不開的宿命。但在這中間，在生與死之間，你又怎麼可能會是孤獨的呢？

你能變成今日之你難道完全與別人無關？你的情感是你所經歷人際關係的總和，你的思考是你所受教育的體現，你的行為藏著多少與別人相關的經驗，就連你的長相也是百代先祖千年之下的倒影。

所以你說，孤獨是什麼？你從來都不是一個人，你就是一支隊伍啊，沒人陪伴又不是沒人願意陪伴，沒人搭理又不是沒人願意搭理。一時的寂寞什麼都代表不了，這個問題下那麼多篇催人淚下的答案，可為什麼沒人想想那些在你生命中留下深刻印記的愛人、朋友？你的習慣、你的想法、你的口音、你的穿戴，甚至你的眼神，總有些和他們相關的部分仍然鮮明的活在你身上。

在那些四顧無人的夜晚，你難道真的就從未感受過這種力量所帶來的鼓舞嗎？而你經歷那些所謂的孤獨，真的就是孤獨嗎？

——管他什麼佳彬

有一段時間，我在一家 agency（代理廣告主的公司）實習。

那時是暑假，我住在學校宿舍，大樓裡的人都走光了。每天七點下班，從地鐵裡出來，面對的是一段寂靜無人的路，然後走進黑壓壓的宿舍大樓，回到空無一人的宿舍。

那時，每天都不想下班。在公司，可以跟同事插科打諢、「吐槽」鬥嘴，但一想到回去要走過那段十幾分鐘的道路，除我之外沒有一個行人，且宿舍裡到處冷冰冰的，沒有一絲生活的氣息，就不由自主的感到悲涼。

我不玩線上遊戲、不看電視、不看電影，也幾乎不怎麼跟別人聊天。也就是說，我每天有四、五個小時的時間要在寂靜裡獨處。

後來我怎麼辦呢？我就寫小說。

我寫好幾個虛擬角色，每天下班，就在腦子裡構思他們的活動、情感、對話等等，斟酌這一句話該用哪個語詞表達、這一句的語氣怎麼改得聳動一些、這一句如何寫才能製造出節奏感……。

我會在腦子裡構想小說的畫面：清晨的街道，推著推車的小販，豆漿和包子的熱氣在空氣中瀰漫；黃昏夕照，下班的路上，蹲在臺階上玩陀螺的少年；週末，恬靜的小鎮，海風吹來淡淡的腥味，夏日的陽光落日熔金，躺在旅館的地板上聽著外面的蟬聲……。

我覺得，要這樣看孤獨：人生來就是孤獨的。人被孤獨的拋到這個世上，孤獨的走著自己的道路，你的念頭、想法、情感，只有你一個人知曉，永遠無法真正讓別人分擔，所以，孤獨是人的常態。

而另一方面，面對世界的龐大、空虛和未知，人在其面前，會感到恐懼。因此，人需要跟他人建立聯繫；需要跟世界建立聯繫；需要確認自己的存在感、價值感，讓自己安心，感受到，即使面對深淵，自己也不是沒有依靠的。

如果少了這種聯繫，人就會感到惶恐，感到被世界遺棄，從而懷疑自己存在的價值，失去對生活的信心。你可以把前者叫做孤獨，後者叫做孤獨感；也可以把前者叫做孤單，把後者叫做孤獨。前者不會毀滅一個人，後者才會。

如果處在後者這種狀態，該怎麼辦呢？那就去重新建立與整個世界的聯繫。

我覺得，很多時候，覺得孤獨的人，未必是沒有人願意跟你說話，沒有人願意與你交流，而是你自己封閉了自己的世界。

你空虛、無聊、抑鬱的時候，想不到可以排解的人；你悲傷、沮喪、絕望的時候，想不到可以傾訴的人；甚至，你得意的時候、讀到一本好書的時候、拍案叫絕的時候，也想不到可以分享的人。哪怕是一盆花、一隻鳥，可以對著它說說話，也好啊。

這種感覺，確實會令人發瘋。因為，它會令你感到自己被遺棄，要一個人面對這個世界的不懷好意。你會懷疑自己存在的意義。人的存在本身沒有意義，但人需要他人、環境和整個世界的回饋，來確立自己存在的動力。

所以，與別人說話也好、寫小說也好、寫散文也好、寫詩也好，本質上，是營造一種對話，讓自己的思想和情感得以宣洩，讓自己感受到陪伴，無論這種陪伴是來自另一個活生生的人、動物還是腦子裡的虛擬角色，甚至，是另一個自己。

我曾經想過，如果將來一個人生活，我就在週末帶著相機去掃街、逛書店，去接觸外面的世界；去按照地圖走遍這座城市，吃遍每一家有名的小吃店；去跟街頭形形色色的人接觸、對話；去與清潔工、保全、牛雜店主攀談；去了解他們的生活和想法，從他們的視角觀察這座城市……。

或者，就待在家裡，每天嘗試一種做蛋糕和甜品的食譜、每週寫一篇文章發到博客上、每個月調整一下房間的布置、每個季度到周邊城市逛個幾天，認識幾個陌生人，了解他們的生活……。

外面的世界很美。冬日的陽光照在匆匆而過或者不疾不徐的行人身上，這種感覺很美。一個人在陽光下發呆也很美。

這個世界那麼大、那麼美，每一處細節都有那麼多等待你去發現的東西。而孤獨就是發現它們的最好契機。

而這一切，只需要你去建立跟這個世界的聯繫，去接觸它、了解它、感受它。活著是為了什麼？也許什麼也不為，也許只為了感受世界的美好。

這個世界這麼美，何必要孤獨呢？

——Lachel

人生就是一列開往墳墓的列車，路途上會有很多站，很難有人可以自始至終陪著走完，當陪你的人要下車時，即使不捨，也該心存感激，然後揮手道別。

——宮崎駿，《神隱少女》

孤獨是不會出問題的。對一個明白人，孤獨和熱鬧全是自主選擇的結果。糊塗人在哪兒都糊塗，熱鬧的時候瞎起哄，孤單的時候受不了，問題並不在環境本身。人生不長，能和對的人一起生活當然最好；沒那個運氣，獨善其身，也比跟錯的人一起相互辜負強。並不是所

有人都想熱烈的活著，並不是所有的陪伴都溫暖。

——是俊

人在愛欲之中，獨來獨往，獨生獨死，苦樂自當，無有代者。

——《無量壽經》

一個人出去旅行的時候，因為迷路錯走過的一段不是那麼長的山間夜路，黝黑的樹林與那時顯得幽森的月光至今記憶猶新，一邊喘著氣抖著腳走在石階上，一邊告訴自己不要怕。那座山沒有你所描寫的那樣恐怖，你的感受我大概只能感知一、二。在那之前極度怕黑，回來後竟然好多了，就像去了華山和黃山後懼高症也減輕了很多一樣。

有時候覺得啊，孤獨給了我更好的與自我連接的機會，這自我是怯懦、是勇敢、是恐懼、是希望。回來後寫下這些句子：「當知道不能外求時，內心的力量會變得無比強大。人生來孤獨，我們與孤獨和解。」

——千讓

以前我有個朋友，外向開朗，在朋友圈中活躍度非常高，總是舉辦各種聚會活動，整天呼朋引伴，幹什麼都得一幫人在身後跟著。

另外一個內向的朋友很羨慕，對我說：「你看人家活得多麼充實啊！」

不，我不這麼看，他只是太孤獨了。

一切是那麼明顯，他總是沒有落單的時候，每當風平浪靜無事可做，只剩下一個人就一副失魂落魄的樣子，一定要馬上打電話，招呼人，安排吃飯、聚會、打牌。別人聚會是需要由頭（按：藉口）的，他不需要，反正都是他請客，只要是熱熱鬧鬧的場面搭起來了，他就馬上恢復風趣幽默、談笑風生的那個自己。

他得多害怕一個人待著，才要把自己的生活變成一場戲啊。就算是戲，也總有散場的時候，他卻無法接受這個結果，只想一臺接一臺的唱下去。

每個人的朋友圈或多或少都有幾個這樣的人吧？他們看起來都很有人緣，人際關係很好，三教九流，無所不交。他們對別人家的事情比對自己家裡的事情還要重視，只要朋友一個電話——什麼老婆生病、孩子上學，全都能丟下，所以他們在外面的口碑總是比在家裡好得多。

他們可能是最好的朋友，但不可能是最好的伴侶。做他們的伴侶，實在是太辛苦了，要時刻忍受他們將別人的事情看得比自己家裡的事情重要、別人的感受比自己親人的感受更值得關心，這種被比較下去的感覺真的很難受。

其實問題的真正原因並不在於他們更在乎誰，他們只是和我朋友一樣，害怕孤獨，而家庭生活必然會帶來平淡與庸常，這種感覺就像寂寞這枚銅板的另外一面，是讓他們無法忍受的。所以他們總是想要向外逃，逃到更熱鬧的地方去。

害怕一個人，到底是一種什麼感覺？

有的人說，就是不能一個人做事情，就算是去廁所，也得找一個人跟著。有的人說，如果一個人，就會覺得很淒涼、很不開心，做什麼都沒勁頭。還有的人說，因為害怕一個人，以至於交朋友一點都不挑剔，哪怕是自己討厭的人，只要肯陪著自己也好過一個人。最悲哀的說法是：我害怕一個人，我感覺自己像一根藤，必須寄生在別人身上。以前是父母，上大學是同學，然後是戀人，結婚後是老公，永遠都不能一個人。

為了對抗寂寞，常常有人選用最相反的武器去戰鬥。比如梅姐梅豔芳。

她是著名的舞臺皇后。她性格外向、講義氣、好提攜人，拍戲的時候導演給了她高片酬，她卻看不過別的演員片酬低，帶著一群演員在片場抗議，要求加薪，把導演氣得要死。「她是一個很有義氣的女孩子，是我在樂壇很少見到的……任何情形下她都會站在朋友的一邊。」她最好的朋友張國榮這樣評價她。

但她也貪玩，整日領著一群人出入各種熱鬧場合，不到深夜不願意散。「梅豔芳唯一的缺點是太愛玩，不懂得照顧自己，有時看到她整天都在醫院治病，也實在令人憂心。」張國榮總是勸她多愛護自己一點，說得多了，也沒用，她也會生氣，有一段時間兩個人為此聯繫都少了，就是因為生活習慣太不同。

她喜歡熱鬧，喜歡別人永遠把她作為焦點，和老友張國榮一起出席聚會，因為他要跟其他朋友寒暄而冷落了她，她就很不開心。作家林燕妮回憶道：「有一回一個朋友生日，沒請梅豔芳，阿梅不服氣，在晚餐後殺到現身，一進來便哭。」

不是梅姐驕縱，而是她內心的寂寞無人能知。她四歲登臺跑江湖，小小年紀就外出謀生，每唱一首歌想的就是當天晚上可以給家裡加一個菜。走紅之後地位上漲，收入增加，她又成了母親的搖錢樹，哥哥一家都靠她養活，重男輕女的母親恨不得將她嚼碎了餵給自己的兒子吃。

在豪爽仗義的外表之下，她是那麼孤獨和漂泊，人人都需要一個根，家庭就是可以讓人停泊的地方，可她的家庭帶給她的只是難堪、一團亂麻，她得不到愛，她只能向外尋找，在各種熱鬧的刺激中尋求自我存在的象徵。

朋友是她最看重的，可是朋友們都有自己的事情，都會離開。愛情也會有聚有散，那些人在她的生命中來來去去。於是，為了掩蓋寂寞，貪圖、迷戀喧鬧的人，更加寂寞了。

藝人吳克群說出了藝人們的心聲：「大家都會覺得我們藝人是不會寂寞的，但其實我們的生活反差太大了，你可能前一分鐘被臺下幾萬人包圍，前一刻還在慶功宴和所有人瘋，下一秒就是回到房間一個人，正因為反差太大，所以寂寞才會凸顯，而且別人不會察覺，別人願你比別人更不怕一個人獨處，願日後想起時你會被自己感動。孤獨之前是迷茫，孤獨之後是成長。

總是覺得我們很開心。」

其實無論是藝人還是普通人，都是一樣的命運。一個人，如果學不會自己和自己相處，自己不能夠愉快的接受真實的自己，就會始終身處孤獨之中。總是不願意一個人待著的人，總是急著去尋求依附的人，都是迷失了自我的人。

孤獨是不能與之對抗的，越抵抗，就越會淪陷在更深的寂寞和孤獨裡。心若是孤獨的，即使身邊有千軍萬馬也無法止住生命的飢渴。唯有尋找自我，才是解決這種迷失狀態的最好辦法——要在這個世界上獲得真正的自由，不被對他人的過度依賴牽制和裹挾，一定要成為自己。

要如何成為自己？無非是認清自己的價值、發現自己的優勢、提升自我的存在感，讓自我的意象不斷的強大起來，不會再因為別人的貼標籤或者是他人的評論，就輕易的改變自我認知。這不是一條好走的道路，美國心理學家羅洛·梅（Rollo May）曾說過：「成為一個獨立個體的每一步中，勇氣都是必需的，這就好像是在每一步中，他都要遭受他自己之新生的劇痛。」

是的，就像一場新生，像小美人魚魚尾化成腿，第一次走路每走一步都承受著巨大的痛苦，但這痛苦背後也伴隨著巨大的歡悅和希望，因為這提醒著她，生命已經改變了形態。如果舊生命並沒有帶給我們足夠的愛、信心和安全感，我們一樣可以自己去創造一個新的。

要耐得住孤獨。擁抱孤獨，就是擁抱自己。不逃避孤獨，就是終於能夠與自己和解。

孤獨，並不會令我們變得軟弱和衰敗，一個人的時候，才能更加平和的與自我相處，進行一場久違的對話。在無人干預的角落，自我才能成長得更加茁壯。

孤獨是人與生俱來的東西，人人都必須承受孤獨的考驗，就像著名作家加布列・賈西亞・馬奎斯（Gabriel García Márquez）說的那樣：「安然度過生命的祕訣，就是和孤獨簽訂體面的協議。」生命會以怎樣的方式展開，取決於我們對孤獨的接納程度。

那些坦然享受生活的每一面，包括喧鬧、平靜、紛亂、庸常等一切狀態的人，無論是成功還是失敗，都是更有資格稱為強者的人。

——晚睡，《與孤獨簽訂體面的協議》

初入職場的第一感覺，是疲勞。我第一次感覺疲勞和累不一樣，是兩週通宵六晚，第三個週一回公司，緊緊的盯著業務部那邊，有點怕再來什麼單子，明明休息了兩天，精神不錯，但就是怕幹活兒。

過了工作的適應期之後，開始空虛。找不到東西填生活，想出遠門，工作不允許；想打麻將、想擼串兒，老朋友都很忙，新朋友沒那麼熟。那怎麼辦？花錢，靠購買新東西來填補自己下班後的時間，後來把積蓄都花光了、信用卡刷爆了，再也買不起新東西了，舊東西又都玩膩了。我度過了三個月既沒錢花（錢都還卡債、交房租、吃飯了）又沒事幹也沒人陪的日子。

沒有成就感，離升職加薪又遠，沒有圈子、沒有娛樂、沒有聚會、沒有新鮮感。工作上的失誤、反覆改方案的煩躁、和同事上司的摩擦、早晚地鐵的無聊和擁擠帶來的焦慮不斷的累積。

轉折在於，我是個吃貨，加入了當地一個美食社團。大家會自發組織聚會和好店的團購，微信群裡大家聊得也挺開心。群裡有個長輩，我很尊敬他，經常和他私聊。他對我的狀態給了一句建議：「勿以春宵重，勿以杯水輕。」他說春宵指的是年輕時的年月，杯水指的是平淡的生活。我們說「春宵一刻值千金」，那是別人羨慕不來的千金。對你自己來講，你現在這些時日根本不值錢，沒誰欠你的，你只能對自己好一點，只能每天認真的對待生活，不圖有什麼收穫，就讓自己滿足一點。

這裡增補一點開始變化的經歷吧，其實還是挺難的。

從那天開始我決定對自己好一點，同時狠一點，既然沒法兒在日常裡找存在感，那就自己給自己存在感。我開始看英文電影，有喜歡的角色講話，就一遍遍的學他連讀和語氣。學英語、學日語，學日語是喜歡看漫畫，到處去找新番和神番（按：新番是指新出的動漫，神番則是指有影響力的動漫），有動畫化的就追著看（漫畫還是看中文的）。

有一天我一衝動（這裡是衝動消費，請衡量參考。），把好不容易存下來的一點錢加上信用卡還掉的額度，全部刷進健身房辦年卡、請了教練，煎餅、果子來一套的感覺（包括器械、搏擊和拉伸全買了一共五萬多），目的就是逼自己去。

學程式設計、學焊電路板、學放大器電路、學品酒。程式設計先學了 Pascal（帕斯卡），然後學了 JS（JavaScript），都是很簡單容易懂的語言。電路板要去買套裝板和散裝元件，買那種專門的 PC 端的軟體配合程式設計的，從組裝元件和用板子完成固定功能開始，熟悉固定功能之後就能做自創功能了。

買小焊筆和焊條來自己點元件的腳，把板子固定起來裝在別的東西裡（比如毛毛熊的肚子）。放大器電路說白了就是拆裝耳機，配合自己的板子裝起來就能播放設定好的聲音（但為什麼要放毛毛熊肚子？），說白了就是自己好玩沒啥用的半吊子愛好。

至於學品酒……說不上是學吧，並沒有什麼很特別的技術含量，就是學個熱鬧。看了某平臺的讀書視訊影片，他們每出一期新節目我就買一本他們推薦的書，逼自己一週一本，開始每個月挑一家市裡排得上號的頂級餐館，帶一瓶酒去吃。到那年過年的時候我拍了自己的人魚線發到朋友圈，收到了數百個讚和一大堆回覆「臥槽」（按：表示驚訝）。

第二年我考了日語二級、電路工程師證和導遊證。在公司做滿一年之後，我立即就跳槽了，薪資和信用卡額度都是之前的三倍多，換地方住了以後我買了烤箱、熨衣板，只要稍微有點錢，立馬就買自己心儀的耳塞、襯衫、領帶、好酒，每個月的餐廳更新到了兩次，還參加了定期舉辦活動的社團，時間一到就換衣服去玩。

前段時間剛學完駕照，現在每個月可以租車自駕去周邊遊了，烤馬芬蛋糕終於成功做到了讓自己滿意的一次。而且我現在進了公司的日本合作組，明年應該要去日本了。

在一個人的孤單和一群人的喧鬧中，我有意選擇了前者，並且享受它。我的建議是，明白自己想要什麼，明白自己不想要什麼，然後，做出取捨。如果你的孤單是你主動選擇的，你要發展它的好，你會感激它。但你必須有強大的內心力量，讓你在偶爾覺得孤獨的時候挺直脊梁，一個人，好好走。

——方耀晨

三年前我還未滿十八歲，被我老爸送到加拿大一個小鎮上高中。整個小鎮四萬人左右，中心區就只有一條街。整個小鎮只有一家超市。

當時我英語不是很好，很難交到當地朋友。全鎮中國人大概不到十個人，大部分來自廣東、香港。他們自有他們講著粵語的小團體，我便一直一個人。

一個人去中餐廳、吃自助；一個人看書、學習、看電影；一個人去購物，然後把勒痛了左手的購物袋遞給右手，嘴裡說：「喏，給你。」一個人去滑雪，摔傷了腳，強忍著痛把重心放在另一條腿上，勉強從山上滑下來；生病時把藥和吃的沿著床頭擺成一列，這樣如果實在不能起床，就不會餓死。

後來我去了另外一個城市——一個人都不認識的城市上大學。當時我的腳才剛做了手術，因為時間緊迫，馬上要回加拿大，我媽是醫生，在我的傷口還未全部長好的時候，提前給我拆了線。

我自己提前在網路上找了一個 homestay（寄宿家庭），誰知她在我抵達新城市的第二天告訴我，她的母親得了癌症，她要接她的母親來住，要我立即搬走。於是我在一個完全陌生連條狗都不認識的城市裡，一瘸一拐的找房子到深夜。是的，還是一個人。

第二天搬走的時候，我一個人腳沒站穩，不小心絆了一跤，提著很重的行李從樓梯上滾了下去。爬起來的時候，是的，我看了看四周。幸好只有我一個人，沒有人看見這樣狼狽的自己。

臨時找的房子是一套公寓的客廳，空空如也，連張床都沒有。我一個人跑去 IKEA（宜家家居），買了桌子、椅子、床架、床墊、衣櫃什麼的，叫了車搬回家。然後我一個人在空空如也的客廳裝家具。需要兩個人才能扶穩的長木板，我便用旅行箱墊起一邊，再給另一邊上螺絲。我還想辦法掛了簾子……我把一個約一．五坪的客廳角落改成這個樣子是不是也還蠻厲害的？

裝的時候，我赫然發現，我傻乎乎的買了單人床床架，在倉庫裡取的床底、床板、橫木卻是雙人床的。我心疼來回叫車的費用，便一個人拿繩子把零散的床板捆起來，背在身上，轉車兩次回去換。我還記得那個床板大概有十八公斤重。上地鐵時有個白人老爺爺問我：「小姑娘，妳是要回家給妳的小狗搭房子？」我說：「不是呀，這只是我的床板。我在加拿大沒有家。」

後來我一個人還做很多事。一個人做飯、一個人吃、一個人逛街、一個人看電影。我其實是個性格開朗的「逗比」（按：泛指搞笑幽默的人），酷愛講話聊天，尤其是經歷了在小鎮上緘默無言的一年以後，我變成了話癆，逮住一個朋友就可以講個不停，也因此交了蠻多的朋友。

可是我發現我也喜歡上了一個人的感覺。我本來那樣聒噪的一個人因為寂寞，得了空思考。一個人的經歷讓我發現自己原來是蠻堅強的存在。離開任何人都能活的感覺，挺好的。

——郝好

在清晨能看到微弱天光的時候一個人晨跑，穿過尚未甦醒的大街和睡意沉沉的薄霧。

在傍晚被紅霞烘焙熟透的車站隨便搭一輛車，坐到不認識的地方就走下來吃一頓晚餐。

在夏日熱騰騰的擠滿燒烤攤的巷子裡跟陌生人碰杯，微醺之後走出來看到兩邊關上的店鋪門面和自己的影子。

在聖誕大雪紛飛的晚上，到隔著兩條街的電影院買票，看完電影之後，燈亮了，唏嘘走回寢室。

還有騎著腳踏車沿東湖跑，覺得到了哪兒人少水清、風景悅人就跳下去游個泳。

還有半夜上網寫點東西，覺得無聊，打開好友列表卻發覺沒有能點開的頭像。

音樂會、自助餐、老舊的CD唱片，一角微微捲起發黃的武俠小說。

單人床、髒球鞋、微微生鏽的琴弦，一邊失去聲音也沒去換的耳機。

在最熱鬧的步行街看到洶湧人潮，悄悄的握緊手機。

在最擁擠的跨年夜看到煙花燦爛，默默看下手錶。

這是我所歷經的孤獨的意象。但這些，都並不是我所做過最孤獨的事。

我所做過最孤獨的事，不是這些。

這些清晨微微滲出皮膚的汗水，傍晚進入胃裡的陌生食物；深夜一個人的街頭，微醺匆匆睡過去的黑暗，醒來時的頭痛；還是那些在電影院裡的格格不入，堆起來破舊了也不記得換的事物；聽過的歌和無數個失眠的夜晚？都不是、都不是。

我所做過孤獨的事，是不論我在哪裡、我身邊有多少個人、我在做著怎麼樣的事，我都不能停止想念妳。

——李昭鴻

最開始，你有了煩惱和困難，無法向別人傾訴，你學會了忍耐。
然後，你取得了一點成績，這種喜悅你無法分享給別人。
再後來，你覺得自己的成績壓根兒就不值得拿去炫耀，你不需要靠他人的誇獎來獲得滿足感，面對逆境你也能坦然面對，我想這是所謂的榮辱不驚吧？
我認為，孤獨是一個人重新認識自己、尋找自我的重要途徑。

——邱終

孤獨是離「永恆」最近的一個詞，同時也最慷慨，人人有份，出現在每一個在意自己、憐憫自己、觀察或感受自己的時刻。在意識到與戀人的不同頻、意識到無人愛自己、意識到不被包容或生病無人照顧時尤甚。
抵達孤獨的方式大約有一百萬種，所以告別孤獨的時刻才尤為珍貴，愛是唯一的方式。在人類向真理探索的無數次實驗中，Soulmate（靈魂伴侶）是最為接近的方式，但後來被宇宙人類研究中心證實是一種幻覺病毒。
我認為，告別孤獨的唯一方式是我即眾生，愛人類、生活、智慧，愛思想、自由與平等。當失去了孤獨的載體「我」，世界就會變成小蘋果溫暖你的心窩！

——腐生

第五章

沒有人喜歡孤獨，只是不喜歡失望

一艘船孤獨的航行在海上，它既不尋求幸福，也不逃避幸福，
它只是向前航行，底下是沉靜碧藍的大海，而頭頂是金色的太陽。

——萊蒙托夫

有一次我和一個朋友吃飯，約好了十一點。時間到之後我聯繫他，他說等十分鐘，沒有給我理由。

我就等了十分鐘，到了十一點十分之後再聯繫他，他問我：「你下午忙嗎？如果有時間再等我一下，我很快。」

我繼續等了十分鐘，然後自己去吃飯，吃完的時候我聯繫他，和他講我已經吃完了。他再一次問我：「有時間嗎？有時間的話稍等一下。」他想聊一聊。

「這個朋友不可交。」當時我是這樣想的，所以我回了簡訊給他：「有時間，但我不想浪費時間。」

交友是一個人的自我認知和成長很重要的一部分，透過交友，我們可以驗證自己當下的思考是否正確、自己的行為處事是否得體。但交友不是成長的唯一途徑，有了一條明確的自我成長路線，回過頭來會發現，所謂的泛泛之交，確實浪費時間。

當一個孩子從一歲半開始，學會用微笑取悅他人，社會化就已經開始了。

支撐我們交友的，有兩個主要的心理動力：

- 對這個世界的好奇。
- 因內心的匱乏而渴望認同。

這兩類很好區別，前者懂得傾聽，和他聊天總能就事論事，沒有負擔，遇到不同意見能合理表達。

後者似乎永遠在說自己，不是「我很牛」，就是「我很慘」，這樣的聊天，總是缺乏細節，都是大段大段的抽象與過去。

起初，我們因為好奇而交友，孩子之間需要遊戲，一起摸魚、跳繩、玩線上遊戲，昨天吵架今天忘。當我們發現自己開始發育，想法變得複雜，交友就開始變化了，「自我認識」的需求產生了，交友已經不單單是對外界的好奇，我們開始不斷透過交友，思量自己是怎樣的一個人？

這個時期很重要，絕大部分的匱乏都是青春期的認同獲得的不夠，人格同一性（Personal Identity）認知失調，自我邊界無法建立。童年的匱乏大多親密關係出問題，青春期的匱乏大多社會交往出問題。

一部分人在青春期得到滿足，開始繼續轉向對世界的好奇；一部分人因為匱乏，需要背負很久別人的認同，害怕再被孤立，所以在討好中自尊掃地。

我是那個匱乏的人。

我回憶起自己曾經因匱乏而交友，討好並裝熟，自以為是的對別人好卻又因為一點點的付出而內心不甘。那個我，就像一個要飯的，別人給了錢，自己就喜滋滋的；被別人鄙視了，會憤怒的把碗砸了，然後買個碗繼續乞討。

我真正的改變來自學會了獨處。

8 后门
巨鹿路八四五弄
146

我可以自己找到彌補匱乏的路，自戀需要滿足的時候，我會寫篇文章裝一裝。渴望知識的時候，我會去讀書。我一直都是匱乏的，我明白，一輩子都匱乏，過去不可逆，但我找到方法安置自己的心了。

當內心的匱乏與滿足保持平衡的時候，我恢復了對這個世界的好奇。當我看到身邊如此多人都在匱乏的時候，我選擇了遠離，我幫不了，他們只有找到自己的路，才能控制住匱乏，我只是他們的鏡子，我不想浪費時間。

當我的工作中遇到匱乏之人的時候，我會陪著他們找到那條路，我不會用自己去填補這份匱乏。

終究要學會獨處，終究要學會照顧自己。

——極樂

「孤獨」它是一個欺弱怕強的東西，你表現得越脆弱，它會鑽進你的骨子裡讓你更脆弱，但等你堅強到無縫可被它鑽的時候，反倒不會覺得那麼孤獨。

——文長長

作為心理諮詢師，在我看來，孤獨是一種狀態——內心折疊的狀態。如果內心一直折疊的話，它無法交流、無法訴說，必然導致隔絕和壓抑。

最近，「八〇後」女科幻作家郝景芳憑小說《北京折疊》獲得了科幻小說獎雨果獎。這部小說恰恰也描述了這樣一種狀態。

《北京折疊》描寫了二十二世紀的北京，城市分成了三個空間，彼此折疊又相互分割，「變形金剛般折疊起來」。第一空間有五百萬人口，獨自享用大地的一面，活動時間是清晨六點到次日清晨六點。第二空間和第三空間占據大地另一面，第二空間有兩千五百萬人口，活動時間是次日清晨六點到夜晚十點，第三空間有五千萬人口，活動時間是夜晚十點到次日清晨六點。

清潔工老刀生活在第三空間。為了讓養女能進普通的幼稚園，他冒著危險去其他空間送信。他見證了第二空間的浪漫愛情，看到了第一空間的權勢與財富，也意識到自己的微不足道。第三空間人的工作都失去了價值，機器人完全可以替代他們工作。第三空間的存在只是為了維持穩定，工人們被塞在漫漫的長夜裡，不參與社會經濟的運作。他們成了沉默而孤獨的大多數。

小說這樣描寫老刀的感受：

「他覺得自己似乎接近了些許真相，因而見到命運的輪廓。可是那輪廓太遠、太冷靜、太遙不可及。他不知道了解這一切有什麼意義，如果只是看清楚一些事情，卻不能改變，又有什麼意義？他連看都還無法看清，命運對他就像偶爾顯示出形狀的雲朵，倏忽之間又看不到了。

他知道自己仍然是數字。在五千一百二十八萬這個數字中，他只是最普通的一個。如果偏生在那一百二十八萬中的一個，還會被四捨五入，就像從來沒存在過，連塵土都不算。他抓住地上的草。」

我們能感到他深深的卑微感，命運的輪廓離他太過遙遠，他只是浩瀚數字裡最普通的一個，就像空中消散的塵土，地上纖微的草芥。伴隨著深深的卑微感的，是情感的隔離和自我的孤獨。

「他看著夜色中的園林，猜想這可能是自己最後一次看這片風景。他並不憂傷留戀，這裡雖然靜美，可是和他沒關係，他並不欽羨嫉妒。」

在科幻的外衣之下，我們感受到的是人與人之間的隔離與孤獨。在第三空間為生存苦苦奔波的老刀，無法理解第二空間人們的浪漫幻想，也無法理解第三空間人們的輕鬆掌控。同樣其他空間的人們也無法理解老刀的絕望。人與人之間，雖然相見，卻不能相近。所謂最遠的距離，就是我能看你的面容，聽到你的聲音，卻知道我和你有個必然的鴻溝。這種宿命般的隔離，帶來的是澈底的無力感。

我們都折疊在自己的世界裡，自己的內心也蜷縮在狹小的空間裡，無法觸碰，也無法訴說。從這個意義上說，折疊的不僅是城市，更是我們的心。這份孤獨和寂寞感，也在現實生活中瀰漫著。

我認識一個人，在公司做技術維護，總是要在半夜下班。在夜深人靜的時候，他喜歡在群裡發表情包。各式各樣的表情包，嬉笑的、搞怪的、震驚的，不時的連成一串，有時組成碩大的字，在空蕩蕩的群裡閃爍著。

他跟我說的時候，我有點好奇的問，既然沒有人看到，為什麼要這麼起勁的發？他說，不在這個時候發，什麼時候能發呢？白天都在睡覺，也不可能交際、交流。反倒是半夜裡更自在點，發一方面解解悶，一方面也是希望有人回吧。不過有人在只是美好的企盼，畢竟夜深人靜時人是很少的，少數還看一眼群組的人也和他不熟。

他不是一個善交際的人，現實生活中朋友很少。群組裡的文字也成了他人際交流的少數通道之一。他準備各種表情包，來展現自己的形象魅力。當然他並不知道自己交流的是誰，也不知道自己展現的形象是否被認可。交流的效果和目的，他也並不知道和在乎。他說：「就是閒得無聊弄弄唄，我還能做些什麼？」

他覺得自己的生活並不規律，和多數人的交際圈隔絕，白天在喧囂車流聲掙扎著起不來，晚上無人關注的時候卻分外清醒。工作也沒有多大意思，用他的話說，就是一個看機器的，每天填寫各種單子，聽著機器起伏不定的雜訊，沒有時間、沒有樂趣、沒有交際。

但是他還是選擇繼續這樣的工作，他說沒有別的更好的選擇，這份工作他不能也不想放棄。畢竟經濟形勢並不樂觀，自己對未來的出路並沒有自信，他也認識不了太多的人。不過，在每天陪伴機器的過程中，他也能找到一些存在感，不必在人群中窘然無措。

我能感到他是一個比較內向的人，交流中帶有一種淡淡的冷，卻有著無比豐富的表情包。不過豐富的表情包背後，卻是渴望表達但被習慣壓抑的心。要想擺脫這種孤獨感，就要打開我們折疊的心。

怎麼打開折疊的心？處在一個狹小的環境裡，我們的心是無法打開。我們會感到壓抑、孤獨，周圍都是牆壁，隔絕與周圍的聯繫。心周圍的負擔，重重的壓著我們。這個時候，我們只能蜷縮自己，讓自己不被撞擊、傷害。

因此，打開我們折疊的心，首先要打開四周阻絕的牆。這些牆可能是我們自我限制的想法。比如，我不被別人喜愛、我在眾人面前表現不好、我不可能和別人平等交流等。

這些想法可能來自一些壓抑的環境，環境帶給我們無力的想法；它們也可能來自我們曾經的經歷，曾經的創傷給自己的壓迫感。但是，無論是環境還是經歷，它們影響我們的想法，本身只是無物之陣（按：隨時碰見各式各樣的「壁」，卻又「無形」）。我們害怕接觸的牆壁，不過是內心反射的鏡像而已。當我們覺察並平靜討論這些想法時，這些牆壁就會如幻象般消失，顯出更原始真實的自我。

牆壁消失以後，顯現的自我是真實的，也是豐富的。它可能不見得非常完整，可能會有殘缺；它可能不見得非常清潔，可能會有陰影；它可能不見得非常平滑，可能會有傷口。但是，當你呈現它的時候，它就有了撫摩、療癒的可能，有了生長、成熟的機會。

這個時候，明淨、舒適、安全的氛圍，會讓心的照顧有更好的環境。而心理諮詢師其實就起到這樣一個照顧者的角色，他會介紹一些情緒調節方法，讓你平靜放鬆的面對自己的心；他會引導你更好的理解自己的生活歷程，為心提供更多豐富的供血和養料。這樣壓抑的心就會有更強的力量搏動。

在這個過程中，我們也在講述生的歷程、心的故事。講述自己的生命故事，也是豐富我們的內心世界。我們看待生活有更多的視角，我們對待事物有更多的柔軟。我們能更平靜的看待一些不可避免的拒絕，有更多熱情、精力去尋求更美好親近的關係。我們的故事，開始我們的行動；我們的故事，也塑造我們的關係。在我們故事的指引下，我們擁有更多的情感共鳴、交流資源、人際關係。

這就是自我故事的魔力，你壓抑你的故事，你也壓抑著你自己；你表達你的故事，你也在表達你自己；你改造你的故事，你也在改造你自己。

也許有人說，前面的孤獨中有社會因素，比如階級對立、經濟形勢。但是決定你孤獨狀態的，還是你自己折疊的心。打開你折疊的心，有朋友的幫助、有諮詢師的幫助，但最重要的是，有講述自己心的故事的力量。折疊的心打開了，一切才有交流的可能。

——羅林

人生有三種根本的困境。

第一，人生來只能註定是自己，人生來註定是活在無數他人中間，並且無法與他人澈底溝通。這意味著孤獨。

第二，人生來就有欲望，人實現欲望的能力，永遠趕不上他欲望的能力。這是一個永恆的距離。

第三，人生來不想死，可人生來就是在走向死。這意味著恐懼。

——史鐵生，《命若琴弦》

說個故事。

我們都認識一個叫小明的朋友，小明就是如題描述的類型的人。

儘管小明看起來友善，生活中也很友善，但這只能說明小明是一個好人，具有與人正常溝通、交往、相處的能力，大家也會欣賞有點能力的小明，但這不影響小明平時選擇獨來獨往的生活方式。雖然小明會經常孤獨、寂寞，可是小明作為一個智商超過一二〇的男青年，希望有良師益友，不想要那種一起消磨時間的朋友。

究竟小明有怎樣的成長軌跡，才會形成今天的性格？

在小明的青春期裡，由於小明聰明，提前入學，也就意味著發育比同學晚，體能比同學差，成熟程度上也不如其他同學，唯一的優勢就是智力，但是智力在國、高中時期並不是可炫耀的成就。小明沒有辦法跟同齡人一起踢球、一起游泳、一起體驗少年維特之煩惱，所以小明與同齡人間缺少共同的愛好和話題，沒有深交的基礎。

小明想融入群體，只有兩條路：一是找到新的愛好，能夠跟大家交流（於是找到了SC《反恐精英》和CS《星際爭霸》）；一是放低身段（討好和賣萌）融入群體。小明選擇了第一條路。然後小明發現跟新朋友們的溝通也僅限於打線上遊戲、討論遊戲；在足球場、籃球場或者戀愛上，小明還是一個人。

小明慢慢發現閱讀和遊戲是最好的朋友。小明曾經為了《坦克戰記》（按：Metal Max角色扮演遊戲）中紅狼的死而低落，也曾為了《同級生》（按：BL漫畫）中舞島可憐的經歷而心生同情，也曾為了體會戀愛的感覺去接觸了藤崎詩織（按：戀愛模擬遊戲的女主角）；小明在作文中引用《老子》、《莊子》、《列子》中的章節，小明透過玩SLG（simulation game）遊戲和查資料得到了歷史、地理方面的啟蒙。

小明是個很友善的人，一是小明天生與人為善，二是由於小明在青春期成長的時候沒有太多朋友，所以小明非常重視友情，願意為了朋友付出時間和精力。

在小明的大學生活中，結交的所有朋友，都是依託共事或愛好而認識的；這樣的朋友，在相處時是有事可做的，不管是一起討論比賽、籌備晚會，還是一起運動健身、打線上遊人越是明白，越是有追求，就越孤獨。

選擇與你步伐一致的人同行，如果沒有，那就一個人。

——小咖

夜深人靜的時候別矯情，孤獨無依的時候別回頭。

戲、「泡妞」，在大家相處的時間裡，是有明確的 TOPIC 的（可以部分理解為主題）。

有的小明畢業後選擇做業務，開始為了事業打拚。社交更多變成了工作的需要，就是透過社交在陌生人中建立信任感、找到共同點，最終找到合作機會。

小明的生活中有很多目的性很強的社交（目的性很強的社交也是必要的，因為甲方需要有機會去考察潛在的乙方），疲憊不堪。小明在休息的時候，就更希望獨處，給自己一點個人空間，給自己休息的時間。

有的小明畢業後選擇做技術，工作的時間被電腦、文獻、實驗、資料填滿，疲憊的一天結束後，他回到家裡倒頭大睡。小明有時候參加聚會，卻發現大家對他的工作和成果不感興趣，小明覺得不好玩，還不如自己接著做實驗有意思。

小明結婚後，還需要把一部分時間放在家庭上，放在陪伴伴侶上。屬於他自己的時間就更少，他那時無比珍惜獨來獨往不被打擾的時光。

小明後來慢慢變成了基層主管，但是工作上應酬仍然很多，儘管小明在飯局上妙語連珠，話題不斷，但是等到週末時，小明就不想還是吃飯、聚會，小明希望跟有趣的人一起參加有趣的活動，才最開心。

那麼問題來了：上哪裡找到有趣的人在什麼時候一起做有趣的事？對小明來說，有趣的人至少需要有相似的教育背景、不衝突的三觀、相似的收入和消費水準、有互相欣賞的優點，這些人雖然很難找，但是還能遇到。

那要跟這些有趣的人能一起做哪些有趣的事？對小明來說，逛博物館、古建築、老胡同是特別有趣的事，如果有個朋友能一起回顧這類地方的歷史、人物、逸事、典故，互通有無，那是最好，但是找不到。

對小明來說，玩戶外、玩滑雪、玩自行車、玩跑步都挺有趣的，如果有不斤斤計較、見多識廣、言之有物的玩伴一起，那才可稱為玩。雖然小明認識的玩伴不少，但是彼此年齡、行業、性格、愛好都不一致，他沒有信心帶著一幫互不相識、有個性的人成功的玩好一次戶外。小明多次組隊失敗。

對小明來說，週末去圖書館看書，或者一起上一門有趣的MOOC（Massive Open Online Course，大規模網路免費公開課程）課程或者講座挺「帶感」（按：蠻有感覺的）的，但是別人不感興趣。對小明來說，不斷接觸一點新事物是特別「帶感」的事，既然是新事物，小明就很難拉到熟人一起玩。

那什麼時候才能跟有趣的人一起做有趣的事？小明週六加班、李雷週日回家看生病的母親、韓梅梅這週要帶小孩去上輔導課、Lily和Lucy跟男朋友出國去玩、小強這週在準備認證考試、小王承銷的證券要準備路演（按：指證券發行商透過投資銀行家或者支付承諾商的幫助，在初級市場發行證券之前，專門針對機構投資者進行的一種證券推薦活動），儘管大家早就約好每月第四週週末聚會，但是計畫總是趕不上變化。

慢慢的，雖然小明一個人孤獨寂寞，但是他也習慣了獨來獨往。當小明深夜獨處，寂寞寥落

之感來襲時，他會跑到三里屯三樓的星巴克看著人來人往，也就消弭了孤獨。

小明不喜歡被別人勉強，所以也從來不勉強別人。小明雖然在不斷的認識相互欣賞的新朋友，但總是缺乏進一步熟悉的契機，相交不深。小明不喜歡那種毫無意義的閒聊，但是珍惜每個愉快充實、主題明確的聚會機會。

總之，這就是小明，一個獨一無二的小明，一個友善的、經常獨來獨往的小明。如果有人願意同他一起探索更大的世界，那麼獨來獨往的小明就會變身成熱情仗義的小明。

——任易

「好無聊啊。」

「你真應該做點什麼。」

「我覺得也是。可是，做點什麼呢？」

「不知道。要不去看看書吧，你在圖書館借的書才看了一點。」

「可是我現在不想看書，好煩啊。」

「那就出去散散心。」

「去哪兒呀？我以前一直想去泰山，但現在好像已經沒有那麼想去了。熱情都被生活消磨掉了。」

「是啊。平淡的生活令人嚮往，卻又讓人墮落。」

「現在的年輕人動不動就發感慨，想要過平凡的生活，其實都是些無病呻吟。他們壓根兒不知道這樣的生活有多可怕。」

「這個世界本來就是這樣，分工明確。有的人負責延續人類種族，另一部分人負責社會進步。」

「大部分的人似乎都無權選擇自己的生活，好像一切都在冥冥之中注定好了一樣，那麼無奈。」

「你相信命運嗎？你相信有神嗎？」

「相信吧，起碼我不否定祂的存在。」

「哲學家一直都在思辨，我不知道他們說的那些東西是對是錯，因為我無法驗證。但是我清楚的看到過，一個人，被自己的身世背景、交友圈子以及各式各樣的社會條件規定著，生活完全是一條可以預見的軌跡，蒼白無力。」

「是啊，這樣的人實在太多了。我們似乎是在成長中一點點的認識自己的無能為力，一點點的迫使自己相信自己無力改變一切，殺死自己，讓自己變得平庸。」

與其花時間討好別人，不如花時間修行自己。

生命也許會孤獨一陣子，但不會孤獨一輩子。
夢想是自己盼望的遠方，誰也不能代替你抵達。
恐懼多數來自於自己的想像，前途迷茫不過是自己恐嚇自己。
無路可走的時候就換個方向，多大的困難也會有解決的辦法。

有人曾站在金字塔高點，最廉價數不清妒忌與豔羨，走過了這段萬人簇擁路，逃不過墓碑下那孤獨的長眠。

——Finale，〈命懸一線〉

外向孤獨症，指某些人在日常生活中很善於交際、有很好的人緣，看似外向，實則孤獨，沒有可以傾訴內心情感的朋友。外向孤獨症是一種網路語言，它與醫學上的孤獨症截然不同。在日常生活中很善於交際，有很好的人緣，在大家的面前總是喜笑顏開、快快樂樂的樣子，給大家以樂觀、開朗、熱情、自信、進取的印象，這就是所謂的外向。

但是，這種人的內心情感往往很豐富，甚至是多愁善感。但他們不喜歡將之表現出來，不喜歡刻意的找人訴說。周圍人也誤以為他們內心很強大而疏於關心，這就是所謂的孤獨。

柏拉圖在《會飲篇》（*Symposium*）裡有一個小故事，戲劇家阿里斯托芬（Aristophanes）為宴會上的人們講了一則奇妙的寓言：很久以前，我們都是「雙體人」，有兩個腦袋、四肢胳膊、四條腿，由於人類的傲慢自大，眾神之王宙斯把人劈成兩半，於是人類不得不終其一生苦苦尋找另一半，但是被劈開的人太多了，找到「另一半」成了最難的事情之一，但是孤獨的「半人」仍然苦苦尋找著。

阿里斯托芬說，這就是愛的起源，「半人」這種不完整的狀態更隱喻著個體永遠是未完成的、殘缺的，它訴說著人類精神的孤獨和人類試圖從孤獨中走出來的焦慮。

在很多哲學家看來，孤獨，乃是人存在的本質。孤獨不是一種心理狀態，而是全人類要面對的客觀事實，是一個「嚴肅的哲學問題」。

第一種認識孤獨的哲學觀點：「我們生來就是孤獨的。」

現代人文主義生存哲學，如叔本華和尼采，認為每個人一生下就註定受到生存意志的擺布，對意志的領悟不能訴諸理性，只能求助於神祕的自我體驗，生存意志讓人類欲壑難填（按：形容人的欲望有如深谷，永難滿足），得不到的和暫時得到的都只是痛苦，人生是悲劇、夢幻和泡影，徒勞的行動最後只是一場幻滅。

存在主義先驅克爾凱郭爾說，任何一個人都是一個孤獨的個體，他生來獨一無二，不可替代。每個人的一生中，隨時隨地都在體驗著人生各式各樣的痛苦和磨難，讓人類意識到自己的不確定性和有限、脆弱，並從「死亡」中體會到人的終極性的悲劇下場。

沙特（Jean-Paul Sartre）也很悲觀，他認為人生而自由，人就是自由，每個人除了自己之外，沒有其他的立法者。上帝既然已死，一切事情都可能發生，再也沒有別的東西為個體生命提供尺度和參照，因此，每個人都處於孤獨之中，一切都須憑自己決斷。人類無法跟最高的真實對話，也不能再在上帝或者誰那裡找到庇身之所。

空無的萬神殿並未讓人類有成為主宰的勝利之感，反而讓他覺得生命無所依託，孤立奮戰又終歸虛無。這是個體生命的悲歌，孤獨是人類的原罪，每個人都被生命之流裹挾，順從生命的擺布而孤獨無援。

第二種觀點：自我的孤獨來自於和他人的關係。

首先，自我的本質是什麼？在不同的情境裡，「自我」都是不同的，我們會在求職時把

自己描述成「認真負責、出類拔萃」，甚至「精通 Office 軟體操作」，在社交網路上給自己貼的標籤則是「貓控」、「二次元少女」、「吃貨」、「風一樣的女子」。這意味著，我們看待自己與所處的情境是如此相關，我們無法抗拒這樣一種感覺：在這些因不同場合而對自我做出不同描述的背後，存在著一個不因背景而改變的「真正的自我」。

離開了特定社會的語境，說一個人「風趣幽默」、「紳士風度」、「有教養」是什麼意思？如果沒有置身於那些對「美麗迷人」、「學識淵博」、「三觀正確」等品性與你有相似觀念的人當中，這些品性又如何理解？

於是，我們認識自我的思維語境，早就預設了他人的存在。哲學家海德格（Martin Heidegger）說，從本質上講，我們是共同體的一份子，正是在這個共同體中，我們學會了怎樣成為一個個體。

澄清了自我，也就不可避免的導向下一個問題：每個人都處在與他人的關係中，與他人共處，為何我們還是孤獨？

自我被哲學家們認為是我們唯一可以確定的東西，沙特（Jean-Paul Sartre）說「他人即地獄」，在《存在與虛無》中，沙特把我們與他人的關係從本質上定義為衝突。因為，我們每個人都力圖按照某個形象創造自我，這樣，他人就外在於這種創造，他們是我們創造自我的工具，或者尚待加工的材料，或者是創造自我的討厭的障礙。

他人提出種種要求，設定期望，來限制我們的能力，規制我們的行為，於是也就干涉了我們創造自我的自由。我們藉由他人的存在更加意識到個體孤獨無依，體會到個體生命與他人不可調和的矛盾，這是孤獨的源泉。心理學、社會學以及很多領域的哲學家都認為溝通當然可以消解孤獨感，這種說法在哲學家維根斯坦（Wittgenstein）和莊子那裡則受到限制。

維根斯坦拒絕承認語言可以描述所有的東西，事實問題可以言說，然而「什麼是愛情？」、「人生的意義是什麼？」都是「神祕之域」，是「不可說」的。莊子說：「道不可言，言而非也」，禪宗佛教說：「不可思議」，都是拒絕「語言可以承載一切」的先見之語，也就是說，語言不能完全的表述所想。

所以，他們甚至拒絕承認溝通的可能性，尤其是在涉及思想、觀念時。溝通的效用還依賴溝通雙方對語言精確的共同理解，既然語言是受到限制的，且我們組織語言的能力有限，溝通的絕對效用也就無從談起。

第三種觀點：現代人的孤獨體驗。「我迷失在鋼筋水泥的叢林裡，找不到自己」。

這是一種將社會形態與個體經歷結合起來的哲學觀點。因為我們其實都生活在某個社會裡，我們的行為受到社會的塑造，我們的生存狀態和精神狀態也跟社會形態密不可分。照這個觀點來看，現代人的孤獨感就和古代人不同。所以對我們當下的人而言，就不能空泛的說個體存在的孤獨和他人即地獄了，要具體事實具體分析。

資本主義革命以來，技術一直在進步，環環相扣，我們的生活和交往也就與以往相比有了革命性的變化。比如：現代社會工業和科技正加劇個體之間的疏離，消費主義讓我們成為

商標的附庸，好像每個人都是由他消費的品牌定義的，穿什麼樣的衣服、開什麼樣的車有了定義一個人的能力。除了我們自身，就只能和自己的產品做無意義的獨白。

自我是個人安全感的基礎，而官僚制和流水線把我們變成龐大生產機器上的螺絲釘，讓我們喪失了自我，我們自以為知道自己想要的東西是什麼，而實際上他想要的只不過是別人期望他要的東西。因此自我在根本上受到削弱，人覺得無能為力、極度不安全，從而在失去自我的過程中體驗著孤獨。

甚至，我們與內在的自我也失去了接觸，反思自我已經不流行了。我們還失去了與土地和自然的親密關係，它們曾經是我們認識人類本質的參照，古人講格物致知，現在我們對著一件亞曼尼或者香奈兒五號能格出什麼來？

然而互聯網的出現是又一次「資訊革命」，人們驚喜的發現，工業時代未來恐怖的幻象到來之前，就擁有了抱團取暖的工具。「自我」重新變得重要了，孤獨又有了化解的方式，溝通變得如此便捷，以至於孤獨似乎不再是一個沉重的哲學命題，而是一個可以排解的社交困境。

當人們借助社交媒體搜尋有趣的資訊，與有共同興趣愛好的人交流時，他在做的就是對於孤獨的抗拒。

人是一個追求生存意義的精神存在，他的靈魂終其一生都在追求超越，但肉體終將死亡的事實，時刻在提醒他個體生命的脆弱無依。他人的存在，也時刻讓人類意識到，人與人之間的關係從本質上來看是互為陌生的。但孤獨靈魂之間的溝通和交流，嘗試與他人抱團取暖的種種努力，姑且算是對「我們生來就是孤獨」的超越。

——任樹正，《人是孤獨，其本質源於哪兒？》

我認真做人，努力做事，為的就是有一天我站在我愛的人面前，不管他富甲一方，還是一無所有，我都可以坦然展開雙臂擁抱他。他富有，我不用覺得自己高攀：他貧窮，我們不至於落魄，這就是不放棄自己的意義。

——李靜愉

我發現當人們在講孤獨的時候常常講的不是同一個東西，似乎孤獨蘊含多重的層次，但沒有詞彙來將它們細分。

每一種孤獨的感受是不一樣的，有的深刻，有的膚淺，有的孤獨是一種痛苦，有的孤獨是一種平靜的享受。或許它們根本就不是同一個東西，只是人們詞彙匱乏，用一個詞語把它們歸在一起，取了同一個名字。允許我偏個題，給它們歸個類：

對付空虛，只能待在空虛裡，哪裡都不要去，才會超越空虛，發現新世界。否則無論人前多熱鬧，人後空虛會再度來臨。

—— Fxx

1. **找不到分享的對象。**

一個人看喜劇片，在空曠的屋子裡忍不住大笑，突然停下來的時候會感到孤獨。
一個人躺屋頂上看流星，並且那天晚上的流星特別多。
一個人煮飯一個人吃，並且發現某兩種食材搭配後意外的好吃。
一個人旅行看美麗的風景，美得你確信除了你，其他人肯定從來都沒見過。

2. **找不到傾訴的對象。**

找不到傾訴的對象，找到了說出來，他／她也不能理解。

3. **別人離開了，留下了自己。**

失去分享的對象，失去傾訴的對象。最理解自己的人離開了，從此再也找不到人說話。

4. **不被理解，被誤解。**

特別是不被自己最信任的朋友，或自己最喜歡的人理解的時候。
被中學老師當作有自殺傾向的問題小孩，被關到小屋子裡接受心理輔導。一心想把你拯救成弱智兒童歡樂多：「孩子，你要開心點啊，你要陽光點啊，不要悶悶不樂啊！」
自己最認真對待的事情在別人眼裡只是一個玩笑，自己當作玩笑看的事情，別人卻很當真，發現自己和在座的人不是一類人（三觀不合）。

5. 被孤立，被用奇怪的眼神看待。

一個胖子被一群瘦子嘲笑，並且發現他們在互相比誰的措辭更好笑些。

捉迷藏輪到自己閉眼趴牆上數數的時候，其他人偷偷商量好瞞著你跑到池塘游泳，只剩你一個人趴在牆上數數。

幼稚園喜歡的女生對自己說：「我再也不和你好了。」然後真的再也不和你好了。

成年後類似以上的事情。

6. Leave me alone。

當找不到分享的對象時，就和自己分享。當找不到傾訴的對象時，就和自己傾訴。沒有誰能比自己更了解自己的了。

有時候孤獨是一種需要，在人群中磨合累了，感到自己需要孤獨一會兒，便自覺在人群中安靜下來，或者離開。

「當一個人孤獨時，他的思想是自由的，他面對的是真正的自己，人類的思想一切都源於此處。孤獨者，不管他處於什麼樣的環境，他都能讓自己安靜，他都能自得其樂。」

7. 生了病。

若孤獨並不一定代表痛苦的話，那麼這些孩子的孤獨一定是我們無法理解的痛苦。

8. 我們生來就是孤獨的。

生命的本質就是孤獨的。不管你擁有什麼，我們生來就是孤獨。出現在這個世界本來就是一次空投，一次來歷不明，一次下落不明。人來人往，浮光掠影。日常中把這世界和生活習以為常了，但某一刻會突然湧起莫名的「空投感」：你為什麼會處在此時此刻此地做這些事，和這些人說這些話？從母親肚子裡爬出來以後我們就開始迷路了。

這個世界永遠都是陌生的，理解是奢侈的，你永遠想不起來時的路。不管你擁有什麼，我們生來就是孤獨的。

——摩的司機

為了慶祝英國公務系統停擺，講幾個小故事，是關於寂寞／孤獨。

故事一：

以前曾經去華為面試，填表時有一項須註明是否願意應徵海外項目職位。其實華為的海外業務經理、售前售後工程師之類的薪資高得離譜，非常適合我們這種低調沉穩的技術黃牛。不過就是太枯燥無聊了，尤其在一些政局動盪的第三世界國家，子彈滿天飛，根本不敢出門，唯有天天待在公司宿舍裡對著技術白皮書。

坊間流傳著兩個著名的關於華為駐外工程師的故事，一是巴基斯坦還是別的什麼地方的華為員工，在宿舍院子裡養了一群雞，不用於下蛋也不用於食用，用來趕著滿院子跑，打發時間；二是南非約翰尼斯堡的華為基地，曾經收到當地動物保護組織的抗議信，內容是抗議華為員工在基地旁邊的海灘上將海龜翻身，導致海龜再也無法翻轉過來而活活餓死。他們真的是太寂寞了。

故事二：

小時候看過柯南．道爾（Conan Doyle）的一篇短篇小說，叫〈羅浮宮博物館的奇聞〉，寫有一英國人在羅浮宮裡迷了路，閉館時被關在裡面，遇到了奇蹟：一名長得比木乃伊還恐怖的館員在深夜偷偷打開了盛裝一位女性木乃伊的木棺。被英國人發現後，他講述了實情，他原是古埃及的一名祭師，機緣巧合和朋友一道研製出了長生不老藥，服用後能抵抗衰老、暴力的傷害。

這並不是永生，但它的效力可以維持好幾千年。這藥的副作用是當你活膩的時候想死也死不了。比如這埃及人，他在服用了此藥劑後，還沒來得及給自己的愛人服藥，她就得肺病死了。

古埃及人篤信有陰界，這下兩人陰陽永隔。更氣人的是祭師的那位合作夥伴也暗戀著那個女人，他在她死後獨自發明出了長生不老藥的解藥，自己服下後立馬去陰間調戲朋友妻去了。這讓那個祭師氣得要死，他試驗了無數種配方，卻終因缺少一種稀有的珍貴藥引而發明不出解藥。

然後他就這麼孤獨而猥瑣的活了三千多年，走遍全世界，從奴隸社會開始，眼看都實現共產主義了，卻在這個夜晚終於有機會打開了女友的棺材，並在棺材裡發現了自己合夥人藏在其中的解藥藥引。然後他迫不及待的服下，很快就迅速衰老並且死亡。

他死得比古往今來任何一名自殺者都要快樂，這不僅是因為他能夠和愛人重逢（或者目睹愛人和自己的朋友在另一個世界給自己戴綠帽子），更是一種從萬世的孤獨中終極的解脫。

看完小說後，我時常想像那三千多年的歲月這人是怎麼熬過來的？有首歌叫〈求佛〉，裡面有句歌詞，「願意用幾世換我們一世情緣，希望可以感動上天，我們還能不能能不能再見面，我在佛前苦苦求了幾千年」。這哥們兒的故事可以改編成〈求法老〉了。

故事三：

還看過一部我自認為是我看過的最棒的短篇小說，雷．布萊伯利（Ray Bradbury）的原著《濃霧號角》。寫的是一隻從六千五百萬年前的大滅絕中倖存下來的蛇頸龍。全世界就只剩牠一隻蛇頸龍了，孤零零的活在大海深處。

每年冬天的濃霧時節，海港的燈塔會發出低沉的號角聲為過往船隻引路。那號角像極了蛇頸龍的叫聲，每年都會將那隻死不了的活化石蛇頸龍從海底引上海面，牠大概以為那是同類的呼喚，然後一次又一次的失望。

最後，經過大自然多年的教育，牠終於進化出了一點智商，發現了這壓根兒不是自己的同胞，發現恐龍界真的只剩下自己活在這個地球上了。於是牠悲憤的毀掉了燈塔，潛入了海底，從此再也不會聽到那熟悉的呼喚，也不再相信愛情了。

每次想到這隻蛇頸龍，我就覺得眼角隱隱然有清淚溢出，那是古往今來最孤獨的生物，活在黑暗、高壓、寒冷的海底，並且由於沒進化出前肢，搭不了飛機，在苦寂中獨自度過了億萬年。想想就難過。我們失個戀和牠比起來算不了什麼。

故事四：

這是我所能想像的最終極的孤獨。是我在接觸這個理論之前，連想也想像不到。

先講此理論的主角：反物質（antimatter）。關於反物質的概念，簡單說來就是由帶正電

荷的電子組成的物質，它們和現實世界中的物質看起來沒有任何區別，只是電荷的正負屬性相反而已。可以想像宇宙裡存在一個反物質構成的你，終於有一天和你本尊相逢了，你們激動的伸出手深情相握，卻在接觸的一剎那灰飛煙滅，並釋放出比氫彈爆炸還巨大的能量。

一開始反物質只是狄拉克的數學假設而已，直到在實驗室裡真正製造出了反氫原子等反物質粒子。雖然這種粒子存在時間極短，迅速消失，但是真實的驗證了反物質在宇宙中的確存在。

真正吸引我的理論，是諾貝爾獎得主理查·費曼（Richard Philips Feynmann）提出的反物質猜想。

他由馬克士威方程式（Maxwell's equations）推導出兩個解，發現在數學上，一個在時間中正向前進的負電子，和一個在時間中逆行的正電子是一樣的。換句話說，反物質不過是在時間中逆行，即從未來向過去前進的正物質而已。反物質和正物質的對消，實質上是正物質在時間軸上的突然掉頭，回到過去的同時變成了反物質。（即兩分鐘前的反物質，在一分鐘前和正物質對消，實質上是該正物質在一分鐘前開始了時間上的逆行，變成了反物質。兩分鐘前你看到的反物質，就是在時間軸上逆行回去的這個正物質而已。）

更加震撼的理論如下，費曼由此解決了困擾物理學界多年的基本粒子問題：為何世間萬物，大至星系、小到原子，都會展現出不同的屬性？例如銀河系和仙女星系、氫原子和氧原子，沒有完全相同的個體。但是在電子身上是個例外，世上沒有「大電子」、「小電子」、

「性感電子」、「高帥富電子」之說，你也無法在一個電子上刻字，然後送給自己的女友。組成宇宙萬物的無窮多的電子，是一模一樣的，找不出任何差異的。

費曼由自己的反物質假設完美的解釋了這一困擾：因為從宇宙大爆炸的那一刻起，整個宇宙本來就只有一個電子。沒錯，全宇宙的龐大的空間、數不盡的星體和物質，其實都是這一個電子在不同時空的分身而已。它從大爆炸開始，在時間軸上正向前進，直到宇宙的末日，又掉頭回去，變成正電子，在時間裡逆行，逆行到了宇宙誕生之初。就這樣永世無休止的循環下去，這個電子出現在了時間軸上的每一個點，出現在了宇宙的每一個角落，在三維世界的我們看來，空間裡布滿了數不盡的電子，構成了世間萬物。

其實它們，包括我們自身、你的父母親人、你的戀人、你養的狗、狗拉的屎、曼哈頓川流不息的人潮、塔克拉瑪干沙漠寂如死水的無人區、蘭桂坊鶯歌燕舞的不夜城、海底兩萬里那隻無盡孤獨的蛇頸龍，萬事萬物都一樣，都只不過是那同一個電子正行、逆行了無數次的分身而已。整個宇宙就這麼一個電子，孤零零的從天地混沌走到宇宙毀滅，再倒回去重來，周而復始。

假如這理念是真實的，你還覺得自己孤獨、寂寞嗎？還會去海灘翻烏龜、去養雞場趕母雞嗎？你能想像出比這更文藝的電子、更孤獨的個體嗎？能想像出來的話，諾貝爾文學獎、物理獎也許都是你的了。

——李淳

孤獨，不是在空落而寒冷的大海上隻身漂流，而是在人群密集的地方，在美好生活展開的地方——沒有你的位置。

——史鐵生，《務虛筆記》

你一定有過這種感覺的，當你心事重重，渴望找個人談一談的時候，那個人是來了，但你們沒有談什麼。當然，談是談了，可是他談他的，你——開始你也試著談談你的，可是後來，你放棄了。

於是，你們的談話成了兩條七扭八歪的曲線，就那麼淒涼的、乏力的延伸下去。

你敷衍著、笑著，裝作很投入的樣子。但是，你心裡渴望他離去，讓你靜下來，靜下來啃噬那屬於你自己的寂寞。

——羅曼・羅蘭，《寂寞的日子》

每個人都是一座孤島，每個人都會孤獨，你選擇把孤獨看成寂寞還是獨處、自由還是枷鎖，都是你自己的事，與任何人無關。我只知道，要感謝孤獨，因為它使我們成為「一個人」。

——王姑涼

日本作家新井一二三在《午後四時的啤酒》中寫了一個日本太太的故事：「每天下午四點，她比其他人早下班回家，丈夫還沒回來之前，她先一個人坐在客廳的沙發上，邊看外面美麗的風景邊喝啤酒。她說：『很快就要開始做晚飯什麼的，我自個兒閒坐的時間並不長。但是，我活著，就是為了那一刻。』」

也許正是這些一個人的午後三、四點，我學會放下「與別人不一樣」而產生的焦慮，不再去尋求和渴望躲在集體的溫暖中以求逃避自由帶來的不安、責任和孤獨。在這些日子，我漸漸找到屬於自己的內在節奏，沉靜踏實，輕鬆自在的生活，不因自己職業上的不同而忘記自己其實和許多人一樣，懂得不是自我封閉而是積極的認識許多志同道合、彼此一起努力、不再令我孤單的朋友。午後三、四點的自由與孤獨、快樂與痛苦使我積攢起面對不易生活的諸多勇氣，堅定的去追求自己想要的，去成為自己想要成為的人。

——meiya

第六章

與孤獨和解，接受孤獨

人生第一件大事是發現自己，
因此人們需要不時面對孤獨和沉思。

——紀伯倫

一艘船孤獨的航行在海上，它既不尋求幸福，也不逃避幸福，它只是向前航行，底下是沉靜碧藍的大海，而頭頂是金色的太陽。

——萊蒙托夫

本質上，我承認生活的無趣，但我更承認，勇敢、努力的克服掉無趣，將所有無趣的時光變得妙趣橫生的人，才能真正接納甚至重建生活本身。

我渴望孤獨，甚至熱愛孤獨，因為我熱愛一個人追逐自我的時刻。沒有任何人自我實現的過程是在嘈雜的聚會上，自我實現需要審慎的思索、冷靜的克制和枯燥的堅持。而這些，一定是一個人的時候完成的。

——伊心

人生第一件大事是發現自己，因此人們需要不時面對孤獨和沉思。

——紀伯倫

晚上在看運動員丁俊暉演講的時候，被他的一段自白深深打動，我覺得很切題：

「其實努力是不需要給別人看的。一個人在努力的時候，可能沒參與到其他的一些活動和業餘生活當中去，你就覺得這個人真是不合群，其實他可能是在做別的事情，他不是不合群，他只是在做他自己想做的事情。」

「我在學校上課的時候，天天就是想下課後去打球。那些年，我下課之後去打球，從來沒有人跟著我去看我打球，別人不知道我下課去幹嘛，他們以為我下課就是跟小夥伴們去玩了，這是正常人的思維。」

作為曾受到全民關注的天才球童，小丁同學八歲開始練球、十一歲單桿破百、十五歲成為中國第一個世界撞球冠軍、十九歲就戰勝世界排名第一的奧蘇利文（Ronnie O'Sullivan），破了二十一項世界紀錄。

但是他對童年的記憶就只停留在撞球上，曾經整整一年都在練習室裡一個人練習基本功，每天十二個小時。因為專注和投入，所以也失去了很多別的東西。

不管看上去少言寡語還是陽光開朗，可能每個人都有那麼一段獨來獨往的時期。有人喜歡閉關練習、有人愛好封閉創作，有人只是為了找個地方靜一靜，與自己對話。

所以我想，獨來獨往也許只是一種選擇罷了。為了想要得到的東西，其他所有的一切都是需要付出的代價。

——何汐

看似孤獨，但實是自由。

——暮子雪

質數 2760889966649 存在於這個世上，是孤獨的。因為它只能被自己或者1整除。雖然還有很多這樣的質數，但是它太大了，離數字們就有些遙遠。

它留下的足跡太少了。極少數的偶爾，它會被設成一串密碼，僅此而已。連出現在小學生數學考卷上的機會都幾乎沒有。如果有，那一定是題目出錯了。

不用熙熙攘攘，不用擔心哪個數字會找上門請它當被除數，不用在數字們集體狂歡的時候來摻上一腳。

偶爾，它和質數 2760889966651 相互問候，那是它的孿生質數。然而兩個數字還是隔著一個2。乍看隔得不遠，然而在數軸上還是隔著無窮多個數字——有理數、無理數、小數、實數，還有不在數軸上的虛數。遠遠的，只能看到對方模糊的末尾。

質數的孤獨是無限的，如果到達世界的盡頭就能盡情呼喊愛情，它永遠沒有機會，因為質數的世界沒有盡頭。

「孿生質數——假如你有耐心繼續數下去，就會發現這樣的孿生質數會越來越難遇到，越來越多遇到的是孤獨的質數。」

大多數的情況下，數字們都渴望彼此靠近，願意，或者說在因為寂寞而願意的情況下，聊聊天、說說話，聊彼此有的相同數字，聊公因數，聊哪個場合被寫在同一張紙上，聊哪個數字更受歡迎、哪個數字更實用更美。相似的數字總能建立起更親密的關係。

但是絕對的孤獨質數，沒有規律能指出它的同伴在哪裡。而它的同伴除了同樣是孤獨的外，和它之間沒有任何共同之處。在那個純粹由數字組成的寂靜而又富於節奏的空間，孿生質數的出現只是一種偶然。雖然沒人知道它們在哪裡，但它們確實存在著，那麼遲早會被發現的，不是嗎？

——涵涵

靈感來源：《質數的孤獨》（*La solitudine dei numeri primi*），作者保羅・裘唐諾（Paolo Giordano），生於一九八二年，粒子物理學博士。《質數的孤獨》是他的處女作，一經出版，就獲得意大利最高文學獎史特雷加文學獎。

（質數又稱素數，它們不規則的分布在正整數中，數值越大越稀少，但仍不時有相差為二的成對出現，它們被稱為孿生質數。）

很久以前就想寫寫孤獨了。

很多人可能都看過「留學生活讓你學到了什麼最有價值的東西？」這個問題。隻身在外，透過接觸各種人和事物學到的東西數不勝數，但這其中很多讓我備感煎熬的孤獨時刻，讓我學會了如何與自己相處。這也許才是這生活教會我的最寶貴的東西。

相信絕大部分人跟我一樣，大學之前在家裡住著，大學時住宿舍，與他人同住，就意味著沒有一個封閉的屬於自己的空間，但也意味著總是有人可以說話、可以互動。

我真正感受到孤獨，是自己一個人開始生活以後。在家裡不必在意別人的作息時間和使用廁所、浴室的時機，也可以衣衫不整的走來走去、可以大聲唱歌、可以懶的時候就不打掃房間。我得到了這些自由，但與自由向來如影隨形的孤獨也開始侵蝕這個小小的地盤。

最開始，為了中和孤獨，我每天找朋友出來玩，沒完沒了的說話，老是刷QQ、微博、知乎、微信。後來忙碌了，沒什麼時間閒聊了。可是忙碌並不能排解孤獨。在家的時候實在想聽人的聲音，就每天放著有聲小說。只要不再工作或者讀書，音樂就完全不能停。——在那些沒有習慣孤獨的日子裡，一旦沒了音樂或者小說分散精力，就很容易陷入低落的情緒，或者反覆去想一些很細碎的事情，影響心情。

是的，這種狀態的孤獨，如果發展下去，完全能毀掉一個人。我相信日本高發的憂鬱和自殺，與他們獨身居住的習慣是有很大關係的。這其實是很糟糕的一個人的狀態。

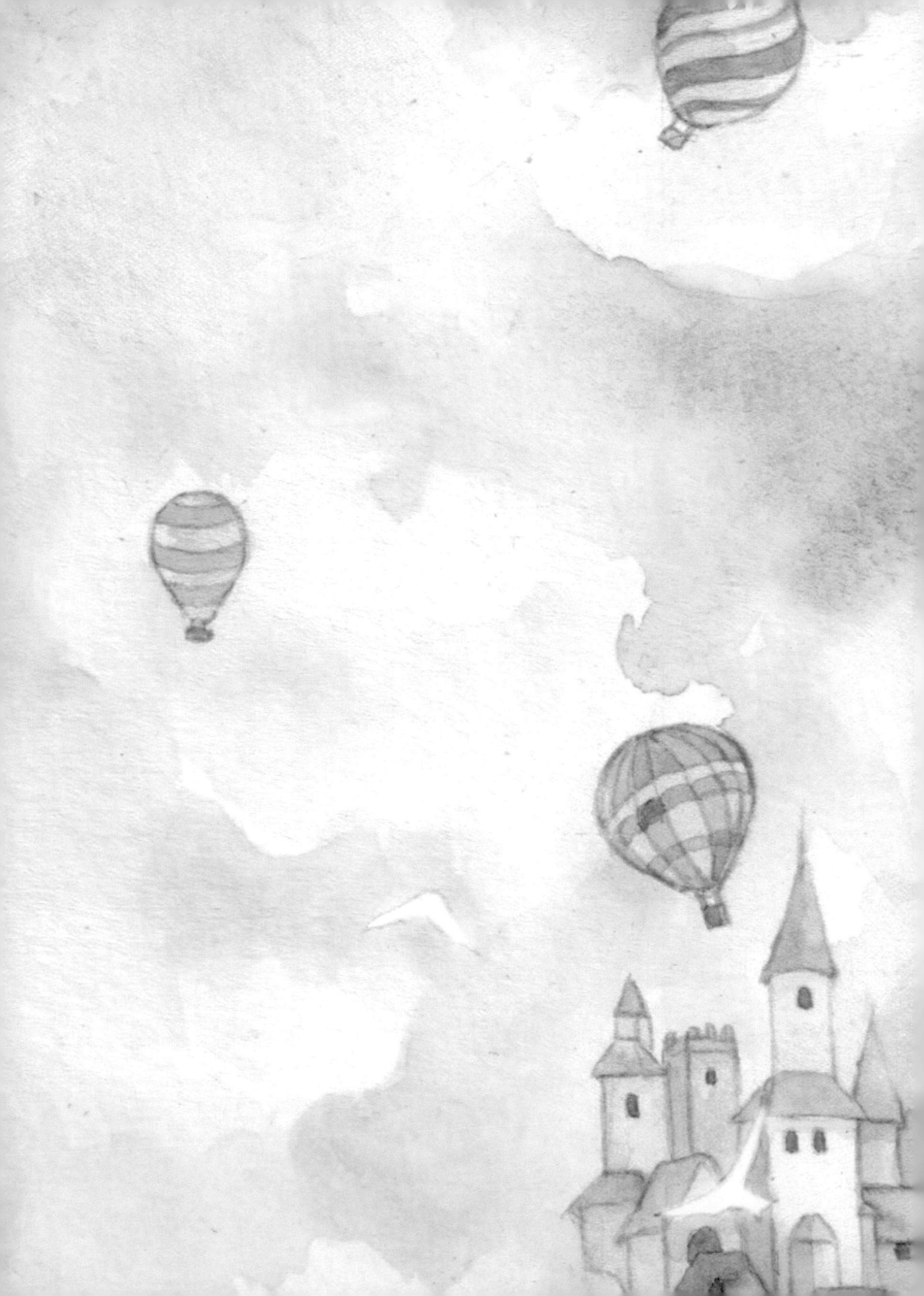

為了改變這種狀態，我想過養寵物。可是後來還是放棄了。忙碌的我，連仙人掌都會養死，這種狀態下養寵物簡直是害了那個小傢伙。放棄養寵物之後，我開始重新審視孤獨本身。我發現，對於孤獨的不安，很大程度上源自對於「我是孤獨的」這個定義的不安。為了讓自己看起來像一個不孤獨的人；看起來像一個得到社會承認、得到他人需要的人，我用盡全力逃避一個人的時間，因為潛意識裡認為一個人等於孤獨、一個人等於有罪、一個人等於Loser……也難怪了，已經很久很久沒有如此頻繁的獨處，所以忘記了和自己相處的方法。

然後，我開始回想那個自己還懂得如何與自己相處的年代——小時候。

小時候，不在意是不是一個人。一個人的時候，就自然的去找一個人該做的事情去做，不去質疑「一個人」的狀態。就是這樣，這就是與自己相處的方法。

那之後，我開始推掉一些聚會。每週末一定要留大半天，除了必做的打掃房間，還會「浪費」很多時間做一些「毫無意義」的事情。比如整理一下自己的收藏品、去家附近慢慢的挑選香薰蠟燭，坐在床上凝視書架上每本書的題目發呆，認真的給自己做一頓豐盛的飯菜。也就是「和自己玩」的感覺吧。想想小孩子，一輛小汽車，自己能玩好幾個小時都津津有味。就是那種感覺。

當然，再怎麼和自己過得津津有味，也總會有孤獨而內心難熬的時刻，這種時候我會盤個腿坐在床上玩指甲，同時細細品味自己心中那股複雜的焦躁不安，直到它們自然平息。不去逃避孤獨，而是面對它，欣賞它。

因為逐漸習慣了直接面對孤獨的煎熬，逐漸就發現自己對於負面的心情、憂鬱的徵兆變得更柔韌了一些。可以逐漸不去理會胸口難受的感覺，也可以更快的恢復正常。

於是我又慢慢發現，孤獨所帶來的多餘的想法和對於未來負面的認識，大多是庸人自擾。很多事情，哪怕受了天大的委屈，哪怕是一時困住了，只要耐心等待，就總有能得到承認的那一天。

所以，面對消極的想法，我學會了暫時擱置它們去做其他事情，結果發現這樣反而會有好事發生。有了一次這樣的經驗，下一次，就更能夠說服自己沉住氣了。就這樣，我發現自己似乎由壞的循環走進了一個好的循環。

這要感謝孤獨。孤獨是可以沉澱一個人的心智的。

綜上，以前我會對孤獨聞之色變，避之不及，現在我反而會覺得，孤獨的狀態、「一個人」的狀態很重要。

我們每個人其實都應該給自己一些孤獨的時間。這樣我們的生活才不依附於任何人，才能保持靈魂的獨立，才能學會控制自己的欲望，而能夠控制自己的欲望的人，生活質量會比欲望爆棚的人高很多，也更容易保持心理上的平衡。

不妨試試珍惜一個人的狀態。

——蘇菲

過去都是假的，回憶是一條沒有歸途的路，以往的一切春天都無法復原，即使最狂熱、最堅貞的愛情，歸根結柢也不過是一種瞬息即逝的現實，唯有孤獨永恆。

——馬奎斯，《百年孤寂》

孤獨，但不是孤身一人那種狀況，例如，不像文學家梭羅（Henry Davie Thoreau）為了尋找自身的位置而把自己放逐，也不是先知約拿（Jonah）在鯨腹中祈禱獲救時的那種孤獨，而是退隱意義上的孤獨，是不必看見自己，是不必看見自己為他人所見。

——保羅・奧斯特，《孤獨及其所創造的》

我想，所謂的孤獨，就是你面對的那個人，他的情緒和你自己的情緒，不在同一個頻率。

——理查德・耶茨

孤獨是絕對的，最深切的愛也無法改變人類最終極的孤獨。絕望的孤獨與其說是原罪，不如說是原罪的原罪。或許，經歷絕對的孤獨，才能體味人生的幸福。

——卡森．麥卡勒斯

哪種比較孤獨：是活在自己的世界裡，誰也不愛，還是心裡愛著一個人，卻始終無法向愛靠近？

——喬爾達諾

沒有人能夠告訴你，事先警示你，為了繼續活下去該怎麼對付。你明白嗎？這就是孤獨。你必須獨自對付，孤獨就像電荷一樣，你能承受一定數量而不致失去。

——福克納

為了感受孤獨，西方人就會上街去，但東方人就會進入自然。

——三木清

我們的孤獨就像天空中飄浮的城市，彷彿是一個祕密，卻無從述說。

——宮崎駿，《天空之城》

我就是我，是顏色不一樣的煙火。天空開闊，要做最堅強的泡沫。我喜歡我，讓薔薇開出一種結果。孤獨的沙漠裡，一樣盛放得赤裸裸。

——林夕，〈我〉

孤獨無非是愛尋求接受而不可得，而愛也無非是對他人孤獨的發現和撫慰。

——周國平，《愛與孤獨》

在剛過去的冬天，我和很多人有過對話，就單獨面對面的說著話，一個下午，也可能是一個晚上，話盡自散。我很開心對面出現的人沒有誰是頂著臭皮囊來的，免去我可能起身就走的魯莽。

而見面的地方大致都是能喝到熱呼呼東西的地方，從山裡回來以後，整個人利索了許多，想到了事就去做，不等身體抱恙就立馬吃藥，天涼一點兒手便不離熱湯，儼然成了個活脫兒的小老頭兒。

這個偏執的老頭兒只去見了兩種人：我信任的，信任我的。

而談論的話題都很簡單：我的生活、學習、自由、愛情、孤獨和他人的。再見面時總會有人問我為什麼會選擇離開，在很多人眼裡，過去這一年的我像是一隻鳥掙脫了牢籠，有著雄鷹展翅高飛般的酣暢，飛在這讓人欽佩又羨嫉的旅程之上。

而事實上，路途中的我其實是片隨時會被湮滅的悽悽之萍。無人知曉去年四月時我承受了些什麼。在街道、地鐵站迎著面無表情的匆匆人群，腦海裡恍如驚雷般轟鳴，震得身軀恐慌和無力，一語不發，內心躁亂，拉上窗簾，晝夜不分，肺裡裝著兩包菸，滿頭陰鬱得無人近身。

大國慶半夜加班回來後見到我還沒休息，也只是小心翼翼的說了句：「我怎麼感覺你隨時會死。」我頭也沒偏一下。

我聽到了，我也知道，每天在凌晨腸胃感到灼燒方才爬去床上時我便知道了，這樣遲鈍的內心，即使是沒等某個下午睜開眼便成為一具屍體，我也不覺奇怪。但我不知道能做什麼、該做什麼。於是當腦子裡出現「我要離開」的時候，這便是我唯一能抓住的事、唯一能救我的事。

於是出門前一週時間，定行程、控制飲食、深夜裡瘋狂跳繩、做運動、體重減六公斤。離開前，我覺得我對所有人都好，然而在我最需要的時候，沒有人拉住我，我埋怨你們所有人，所以出門後我說——「與他人無關」。

在貴州肇興時，得幸遇見果子和她的神仙堂，坐在那兒看了三天書，開始停下審視這樣的行走有無意義。幸得大學走過不少地方，我早已明晰旅行並不能改變什麼。

將改變寄託於旅行的人，像極了一頭衝出圈籠便以為得到自由的家豬，豬還是豬，只不過是變成野豬罷了，他日不得不再回牢籠時，不是陷入無盡的循環，就是任歲月懸在屋簷上，一生恍然如黃粱一夢。

就這樣揣著滿腦子的自我懷疑與批判離開了貴州，隨身還有本心理學家佛洛姆的《逃避自由》（*Escape From Freedom*）。我開始思考自由，並感受到與之而來的必然的孤獨。離開前我並不知道什麼是自由，毫無約束的自在便是自由嗎？我不知道。

魯濱遜在島上算是自由了嗎？如果是的話，那他為什麼還需要一個夥伴「星期五」？電影《阿拉斯加之死》（*Into the Wild*）裡，克里斯多夫逃到阿拉斯加州的荒野中便自由了嗎？

我逐漸發現人是不可能掙脫這一切而獲得自由的。而關於自由是什麼，我以後會再談到。但在每次自我審視後，我能逐漸辨析出，我的離開並不是因為追求一個冠冕堂皇的自由，而是因為孤獨。

當我感受到孤獨時，我並沒有直接面對內心的孤獨，而是選擇了逃避。逃避的是孤獨，而不是老生常談的現實。儘管我並不想讓自己置身於集體中——讓人喪失思考的集體，但我得承認人生來便是群居動物，沒有對父母的依賴，我便無法存活至今。

人同樣需要認同，需要觀念和價值上的「歸屬感」。依賴和認同像是附在我骨上的癮。我內心極為不甘的承認了這些，再次獨身前行，但隱隱感覺到有一條特別且迷人的路在等待著我。

之後在路上遇見阿 May、育幼院的孩子、涼山的孩子，最後是呆呆。

沿途的每次相逢就像拾起的拼圖，愛情是最後一塊。

十二月下雪的某一天，我倚靠在教室門側看著雪花落向大地，有那麼一瞬間我感覺到了什麼是「消融的力量」。那是世界靜止的一瞬間。我終於意識到自身恢復了對生活的敏感與熱情。

那一瞬間只屬於我這個個體。我澈底的感覺到原來我是一個個體。每個人都是一個不同的個體，生而為人，便是孤獨。我開始作為一個孤獨的個體去看世界，閱讀、學習與思考。我感到無比的輕鬆與沉重。

在孤獨中，我直接面對內心的熱忱與虛偽、善良與卑鄙、高尚與下流。我去感知愛情、感知生命、感知自然。我感受到了悲憫與尊重。

回到孤獨本身，人生來便會喜怒哀樂，但卻從未意識到孤獨生來便是身上的一種屬性，人們會在孤獨中享受、在孤獨中痛苦，卻從不願承認它，將它視作一種合理的存在。

孤獨並不是一種消極的狀態，你在其中享受或痛苦，孤獨也只是它本身。而人們總是在痛苦時歸咎於它，享受時忘乎所以。作家廖一梅有一句話我很喜歡：「我堅信，人應該有力量，揪著自己的頭髮把自己從泥地裡拔起來。」

其實我也在思考愛對孤獨的影響，至少和呆呆待在一起時，很多時候我不是孤獨的，我堅信愛足以平復身處人群中的孤獨和寂寞，只是經歷一段同向的航行，並不能阻擋日後的分離。從我獨身感知到這一切時我便知道，我只能自救，不會再寄於他人的寬慰。因為我堅信，即使身處黑夜，我的眼裡也是有光的。回到昆明的那個清晨，剛從地鐵站走出時，朝陽正好爬上了我的臉龐。面對川流不息的車馬行人，我無比的堅定。

回到城市裡，再回到陌生的熟悉的人群裡，深夜暢飲、哭笑戲談來緩解孤獨的人群裡，我時刻提醒自己保持清醒，做一個個體。成為像西西弗斯（按：希臘神話中一位被逞罰必須將巨石推上山頂的人）一樣清醒而存在的人、一個身處市集卻保持熱忱的人、一個立於泥沼之上並智慧的人。

我寫下這些，是因為整理它們有助於我思考，建立自己的體系。至於能否幫助到信任我的人，我不在意，你也不必在意。你不必被我所影響，只需要自己去感受。可能在這些看似勇敢的言辭背後，真正的我，卻在害怕經受一生的孤獨。

而近些日子，我感覺時間在城市走得太快了，度年如日，我清晰的感覺到生命正從我身旁流逝，似細沙，又似流水，我不知道我用盡全身的熱情去生活，能否讓它發出一些聲響。所以當我想到了，我便去做了。

人生這一路，對於一個肩膀來說就足夠寬了。

——阿貓阿狗 anima，《談孤獨》

這幾日出差杭州，在杭城春日清涼如水的夜裡，我想起這樣一句話：「人是情願孤獨，也寧願死的。否則我們為何要跟心愛的人作對，對當下的事物漠視，又嚮往遙不可及的一切。」在一部電影裡，主人公以旁白式的傾訴，如是深刻又準確的說出作為人的孤獨、失落和絕望。

我常常想，一個人若感到孤獨，其內心有時倒並非空虛疑懼於無法獲得什麼。一個熱烈豐盛的人，也會有如置身於孤高冷峻的山峰，會不容於周邊的環境，淒清索居於一隅，只因那也是屬於自己的領地，那也是廣闊精微的世界。

然而他們也是安靜而遠離喧嘩的一群，並不像害怕寂寞的社交達人那樣，時刻想要嚶其鳴矣，求其友聲（按：嚶音同嬰，鳥鳴聲，比喻尋求志同道合的朋友），許多人未必熱鬧，一個人亦可狂歡。如作家賈平凹先生所言：「真正的孤獨者不言孤獨，偶爾作些長嘯，如我們看到的獸。」

最近一直在讀被譽為二十世紀最具洞察力的作家之一，同時也是差點被我們遺忘了的美國作家理查德・耶茨的作品《十一種孤獨》。耶茨說：「人都是孤獨的，沒有人逃脫得了。」如果你覺得孤獨並非人人可以消費得起的奢侈品的話，那麼，在耶茨的作品中，你可以看到的，都是普普通通的人們的生活和故事。

孤獨可以是悲傷的，孤獨也可以是優美的。我們在現實中，都曾不只一次見到紋身者。我以為他們也有孤獨的情愫。如拳擊界大老泰森，是孤獨求敗的進擊者；如電影《刺青》中的竹子，是悲傷情感的回憶者；如《水滸傳》中的各路好漢，是俠義江湖的出世者；如混沌生活的普通人，是碌碌營生的自語者。

進擊的只為砥礪，回憶的權當紀念，出世的逃避不得，自語的恣睢浮沉（按：恣睢音同疵雖）。說來好笑，就連紋身這樣的孤獨，卻也並非可以姑妄為之的事情。且不說什麼身體髮膚不敢毀傷之類，文學批評家金聖歎就戲謔的為紋身定了規矩。

這位先生說，花開有時，故後背不可紋花，背上著了花繡，即「背時」運由此發軔，終生顛沛流離。又說，胸前亦不可刺青，胸前若有刺青，這叫「胸中有一塊壘」，鬱悶如影隨形。由此來說，若身體某部位刺上心中所愛或所恨之人的名諱，那更是銘心刻骨了，愛是欲罷不能的孤獨，恨更是求之不得的孤獨。

一九三〇年代，林徽因跟隨梁思成到山西考察古建築。在大同雲岡石窟，林徽因為孤獨的石頭而深深動容，未加任何掩飾的失聲而泣。在太原南郊的雙塔寺，攀上塔頂後，她同樣被那巨大的孤獨所震撼。林徽因說：「西方教堂裡高高的穹隆讓人感覺離上帝很近，而站在高高的佛塔上遠眺，感覺卻離佛很遠，離人間很近。」這是何等高貴又樸素的孤獨。有如蒂芙尼藍，令你親近，卻天然疏離，非真心不能靈犀體悟。

杜工部（按：杜甫）寫：「飄飄何所似，天地一沙鷗。」這種老無所依的孤獨是傲然睥睨的英雄才配得上的孤獨。

蘇學士（按：蘇東坡）說：「誰怕？一蓑煙雨任平生。」這又是曠達大笑後寵辱皆忘、悲喜無謂的孤獨。

叔本華和尼采呢？宣稱為了一切終極目標，既要有能給別人施加痛苦的力量，也要有獨自忍受痛苦的意志。這仍然是預言者才能夠擁有的孤獨。偉大的人物自然從不缺乏後人對其溢美或忠實的記錄，他們的孤獨也是值得大書特書的錦瑟片段。

而同那位「焦慮時代的偉大作家」耶茨一樣，我常常想講述普通人的故事，書寫普通人的孤獨。我深深的感到，一個人的樸實、悲哀和宿命，永遠都是自己的事情。當千千萬萬、萬萬千千生活在底層的人真正如螻蟻一般熙攘前行，與宏大的時代無關，與劇烈的變革無關，只因每個人都只是過著自己的生活，每個人都標配各自的苦衷和孤獨。

在沒有戀愛可談的空乏罅隙（按：音同下戲）裡，欲望無處著陸，鮮花行將枯萎，張楚肆意唱道：「孤獨的人是可恥的。」但這恰恰是反諷的浪漫和宣洩。然而，我憐憫一切的樸實、悲哀和宿命，無論清醒如一個裝睡的人，還是渾噩似無助的傀儡，我希望他們的孤獨同樣都能夠一一安放。

在緩慢而滯重的時光洪流中，被遺忘的年華往事歷歷可溯，或飄離或積澱的，都是藉以解憂的生命軌跡，也都有各自在時空中的位置。孤獨如你，孤獨如我，請相信總有人會燃起一盞燈，請相信總有人會開啟一扇門，燭影憧憧不失一絲光亮，足音跫然（按：跫音同瓊，比喻客人來訪，心中十分高興）也是心語一瓣。

正如在無數個相似的身處異鄉或蟄居斗室的深夜裡，也許每個人都會感到孤獨，但有時看到角落裡那安靜的花朵不知何時悄然綻放，氤氳（按：音同因暈，形容香氣不絕）起寂寞的香氣，我總是欣慰十分。

——水杉

亞里斯多德說，孤獨的人，不是神靈，便是野獸。其實，還有一種可能，是宅男。我屬

於最後者。

致殘後的二十年裡，一個人、一間屋，獨自走過青春、獨自學會賺錢、獨自面對內心喜樂，煢煢孑立（按：煢音同瓊，形容人孤苦伶仃，沒有依靠的樣子），形影相弔。我就是一個大寫的立體的宅男。而且我相信，在我的生活裡，孤獨會如影隨形。以前是這樣，未來還會是這樣。

一九九六年，我十二歲，從醫院回到鄉下的家，孤獨的躺在床上。由於早期家裡沒有備輪椅，我就只能一直躺著。一天、兩天、一週、一個月、一年……剛開始，還有學校的幾個同學來找我聊聊天。你知道，小孩子的娛樂生活是由玩樂來構成的。所以，我們不可能有深入內心的談話，也就隨便說點話。當他們走的時候，我的心都在滴血。我很懊悔，我的童年再也回不去了。我的童年將會是我一個人度過。

一九九八年，我十四歲，母親四處張羅為我找師父學中醫。可是，我喜歡看小說。我把周圍能借的書都借了，也不過十幾本。當時，我是真的愛文學，雖然我並不知道那究竟意味著什麼。

我白天看中醫書籍，晚上偷偷看借來的小說。然後學著寫點東西。熱愛就像水壺裡的水，一旦滾燙，就會冒氣，我終於忍不住在白天看小說了。師父並沒有怪我，反而跟我談起了小說裡的故事。我內心很感謝他，早期我有的辯證思維，很多是透過和他的談話獲得的。只是，我並不喜歡被安排的命運。我也無法反叛命運，逆來順受，別無選擇。

二〇〇二年，我十八歲，要命的孤獨感襲擊了我。我在村裡有兩個朋友——一男一女，隔一段時間他們都會找我玩。現在，女的去了職業學校，男的外出打工。剛開始，我們還能寫點信，後來信也少了。我一直相信，那是我生活中唯一存在過的兩個朋友，我們終於在時間的推移中走散，再也沒有回來。

我晚上看書，凌晨十二點準時在舊本子上寫東西。在那期間，我迷上聽廣播。有中央人民廣播電臺的《子夜星河》，還有西藏人民廣播電臺的《今夜有約》，後者是個午夜熱線節目，透過節目，我認識了一個聲音特別好聽的女孩子。她幾乎成為我青春時代唯一的證明。

我寫信給她，打電話給她。我從來沒有那麼想念過一個異性。但那時候長途電話費特別貴，我儘量保持一個月兩次長途的頻率。每次把電話費打到限定額度，就等下個月。這個過程非常焦灼，特別是臨近下個月的那幾天，心裡貓抓似的，就像我在等待一場蓄謀已久的約會。

後來有一段時間她消失了。寫信不回，打電話沒人接。我像被拋在無盡黑夜裡，看不到光，沒有希望，心情陰鬱到極點。一個月以後，我收到她的信，她搬家換電話了，而那一刻我的心飛了起來。

後來，當我看到蔣勳先生講情欲孤獨時，才明白那種情緒。我和這個女孩子後來有過很多心理戲，她伴隨了我的精神成長。後來，她為人妻、為人母，漸漸很少再與我聯繫。直到汶川地震那年，我突然接到一個電話，是她打來的。好幾年沒聯繫了，我沒想到她還有我的電話，我突然覺得心裡很暖。

二〇〇三年，我十九歲，我在筆記本裡寫下一句話：「人和人的隔閡是根深蒂固的。」那時候，我的人生觀和世界觀都不確定，也沒有看過「每個人都是孤獨的個體」這樣的話，只隱約感覺人與人再怎樣進行溝通，其實都很難明白另一個人。即使是短期理解，隨著時間流變，也會在別的事件上誤判。這樣的思維構建了更深的孤獨圍牆。

二〇〇六年，我二十二歲，第一次接觸網路。我很快在網路上找到了同病相憐的朋友，我們一起寫帖灌水，去UC（按：Universal Communication，為一款即時通訊工具）唱歌，在BBS（按：Bulletin Board System，電子布告欄系統）連樓插科打諢，世界好像被打開了。

當所有的喧囂在關掉電腦之後依然揮之不去時，我開始想，這麼活著的意義在哪裡？那一刻，我感覺到迷茫。短暫的快樂不能抵擋黑暗的現實，我得進步、得學習，好擺脫以往的生活困境。於是在接下來的很多年裡，我嘗試做過多種辛苦瑣碎的網路工作，和很多同病相憐的人越走越遠。我也逐漸發現，我已經不在乎同類對我的認可，我更在意我能不能讓自己滿意。

二〇一六年，我三十二歲，我成了一個真正孤獨的人。

三十二年裡，我只進過一次電影院，是二〇一〇年朋友請我看的3D版《超世紀封神榜》（*Clash of the Titans*）；三十二年裡，我只去過兩次KTV，一次是六年前，一次是一年前，並無多少歡喜；三十二年裡，我只出過一趟遠門，後來最多是去醫院住院或檢查。

我現在的生活半徑，一直在家周圍一公里以內。偶爾推輪椅到兩公里以外，都覺得是越野了。而這些年，我身邊已經沒有了朋友。倒不是我沒有社交能力，村裡的年輕人能出門的都出門了，留下的沒有共同語言不說，一年半載也見不到一回。

是的，得說說我和家人相處的情況了。我和父母親人相處較好，平時說話不多。我也能和小侄女愉快的聊天。我做什麼事情，家人們不懂，只知道我沒有做違法的事情，就能賺到錢。所以，他們照顧我的生活起居，但不干涉我。我也不干涉他們的生活。

對於一個擁有正常社會屬性的人來說，這樣的生活狀態一點也不好。但很長時間，我都別無選擇。我相信孤獨是我的宿命。我的生活圈子有兩個，一個是網路的虛擬的現實世界，一個是現實的狹小的村落。而我卻陰錯陽差成了現實的背離者。

每當村裡有長輩問我：「你在網路上怎麼賺錢，那些錢怎麼拿給你？」我就知道，我的孤獨是可以理解的；而每次有村裡的同齡人看著我工作，稱讚我特別聰明的時候，我沒有絲毫驕傲，我知道，在本地，我不可能再找到說話的人了。我的孤獨是應該的。

所以，你看到了，我並不是一開始就習慣孤獨的人，差不多三十歲才能在孤獨中自洽（按：self-consistent，按照自身的邏輯推演的話，自己可以證明自己至少不是矛盾或者錯誤的）。而這是因為我認識到個體也能從內心達到完整。我不斷的跟自己對話、不斷的強調我就是我、不斷的詳細審察自我，在孤獨中尋求自樂與自洽。

現在，我每天九點左右起床，然後吃飯，開電腦處理工作。十一點左右泡一杯茶，十二點左右導尿，然後繼續工作。其間在網路上和朋友們聊聊天，晚上必打一、兩場「英雄聯

盟」，然後入睡。反覆如此。

我想說，孤獨不會摧毀人，在孤獨中選擇墮落的人才會被摧毀。當然，情緒是流變的。我不認為自己是孤獨情境裡的倖存者。同樣，我也不認為孤獨一定會教會人什麼。當孤獨成為一種客觀事實時，能在內心遊刃有餘的對付孤獨滋生的小惡魔，這大概就是孤獨的強者。人們讚美的孤獨，正是這種情況。而為了提高孤獨的美感，人們把事實孤獨中的失敗者認為不配擁有孤獨，這是偏見。

畢竟，在一個雙刃劍般的詞彙裡，有人能沉降心靈，對生命的理解更加深刻，昇華人生境界。有的人則在孤獨裡走向狹隘和封閉，令人生更加黑暗、絕望。我認為這種走向不一定是當事人可以完全控制的。

——愛睡覺的鄧公子

目前我手機電話簿裡連絡人的數量，包括自己，總共才十五位。

今天中午，姐姐跟在老家的媽媽通過電話後對我說，村裡那個放牛為生的老人前幾天去世了。

我點點頭說：「哦。」

姐姐看著我，沉默了一會兒，說：「我覺得你現在越來越冷漠，好像對好多事都不關心一樣。」

我笑著說：「沒有啊。」其實我記得那個老頭兒，他的牛我小時候偷偷騎過，我也被他用抽牛的鞭子輕輕抽過。

去年年底我回家，他坐在門口晒太陽時，我還遞了根菸給他，幫他點了火。當時他抽了一口，然後瞇著眼睛問：「孩子，你是誰家孩子啊？」

我笑著說：「呂家的，以前偷偷騎你家牛的那個。」

他點點頭說：「哦，是你小子啊，長這麼高了啊……賺大錢回來了，是吧？」

一個小時後，我從舅舅家回來，見他還坐在那裡，就對他笑了笑。

他瞇著眼睛看著我，然後揮了揮手，大聲說：「孩子，你是誰家孩子啊？」

我扭頭笑了笑，說：「呂家的，以前偷偷騎過你家牛的那個。」

他點點頭，渾濁的眼睛裡微微亮了亮說：「哦，是你小子啊，長這麼高了啊……賺大錢回來了，是吧……。」

我停下腳步，想走過去幫他把掉在他頭頂的一根白線拿掉時，他的兒子從屋裡快步走出來，對我擺擺手說：「你跟這傻老頭兒哪裡聊得清啊?走你的……。」

姐姐告訴我他去世的消息時，我知道最合適的反應是驚訝的說一句：「啊？挺好的一老頭兒，怎麼就走了？」然後再用半小時跟她聊聊關於這老頭兒、關於過去的那些事，聊得深了再感嘆一句成長的代價和生命的無常，最後用一句多陪伴家人作為話題的結尾。

但我沒有，我只說了一聲「哦」。

我見過很多孤獨的定義和孤獨的原因，但我個人覺得，孤獨就是當所有人都在一個假意有趣的過程裡享受時，你已經提前看到了那個無趣的結尾。而孤獨的原因則是，你知道哪些事才有一個有趣的結尾，但那些事碰巧只適合一個人悶頭去做。這無關自戀，無關冷漠，就是碰巧一步步走來，突然就被孤獨選中了而已。

很多年前，我也挺合群。喜歡呼朋引伴，喜歡吵吵鬧鬧，時常自責自己沒有滿足他人的期盼，時常強求他人滿足自己的期盼，一旦落單就會如坐針氈，任何活動被撇下就會懷疑人生，心裡總是很空，身旁待著人才覺得滿足，別人笑了我也配合笑，別人哭了我也配合哭。最後終於活成身邊人有意無意希望我活成的那個樣子。

這種狀態維持了很久很久，直到某天，當我嘗試著顯露一點點真實的自我時，原本圍在身邊的人群如同見到鬼一樣迅速退去，過去所有努力一瞬間歸零。面對那些背影，我覺得絕望。但他們說：「是你變了」。

從那以後，我就開始學著和自己做朋友，行至燈火闌珊處，再也不回頭。我不想說一個人生活有多麼好、孤獨有多麼高尚，因為關於生活，任何人的任何選擇，旁人都無權評價。有人看世界是靠推門走出去，有人看世界是把自己當成一扇窗，雖然方式不同，但大家終歸都是看自己想看的。至於誰看到的才是真實的，根本沒有比較的必要。

至於所謂的毀滅，我想說，如果人生來註定要被毀滅，那在千萬種方式中，我只願把自己交給孤獨。因為只有把自己交給孤獨，我才能在被毀滅之前，擁有千萬種自由。

——呂不同

我一個人生活了很多年，從初中到現在，一直一個人吃飯、一個人逛街買衣服、一個人看電影、一個人讀書、一個人睡覺。不過現在因為有了網路和工作的關係，每天需要和許多人聊天，已經做不到完完全全的「一個人」了，雖然我個人很討厭聊天、交際，很多時候覺得，跟人聊天，還不如一個人看看書、睡睡覺來得輕鬆自在，但是每個人都會被世俗所羈絆，這是沒辦法的事。

事實上，我感覺一個人集中精力在做一件事情的時候，是最愉快的，也是最充實的。哪怕是一邊聽音樂、一邊打掃，做一些類似很簡單的勞動，看著整個屋子從凌亂變成乾淨整潔，我也會覺得很快樂，很有成就感，更不用說當你寫好一篇文章、讀一本好書後，所帶給你的那種深遠綿長的愉悅感了。

倘若做事的時候旁邊有人打擾，則會感到煩躁不安。或者整天都在這樣的情景下度過，則會感到時間在白白流逝，而我卻什麼都沒做。

這種感覺有點像，當我們捏著手機逐個ＡＰＰ到處翻時，雖然此時此刻你擁有得很多，身處在資訊的洪流之中，裡面那麼多新鮮好玩的資訊、那麼多看起來有趣的人，但仍舊會感覺空虛無比。

而當我們沉下心來，不再受那些五花八門的資訊的誘惑，只選擇看一部電影、看一本書，反而會感到充實而快樂——由此可見，幸福經常和你擁有的多少沒有太大關係，而是和你的注意力緊密聯繫在一起。當你的注意力集中時，人很容易感到幸福，當你注意力渙散時，是很難快樂起來的。而當有人在你身邊晃來晃去時，注意力是很難集中的。

在讀大學的時候，經常一個人逛街買衣服，走著走著對面來一群同學，問我：「你一個人逛街喲？一個人也能逛街嗎？」然後得意揚揚的看看周圍的同學，意思是「你看，我這麼多同學陪著我，人緣多好。哪像你，總是孤零零的一個人」。吃飯的時候，會經常遇到一對情侶秀恩愛，接著又來勸我：「你該找個女朋友了。」

起初，我也會和普通人一樣，看到別人都是成雙成對，而自己形影相弔，忍不住顧影自憐。然後和他們一樣，勉強交了一些朋友，最後又不得不返回原點——畢竟，談戀愛也好，交朋友也罷，這些事情都是勉強不來的。

我們剛剛接觸這個世界時，會拿眼睛去理解一些事物，從而被表象所迷惑。這種感覺有點像當我們走在繁華街頭，眼睛會告訴我們這個世界是豐富多彩的，但當我們真正逛下來，心裡又會告訴我們，今天真是空虛無比，無所事事。又有點像我們走進自助餐廳，眼睛又告訴我們，進入了一個大千世界，眼前的食物真是讓人眼花繚亂。然而真正挑下來，會發現自助餐其實只是看起來有很多選擇而已，實際上真正能吃的，也就那麼幾樣。

當你看到別人都溫暖的聚在一起，而自己一個人時，眼睛又會告訴你，溫暖的都是別人的，這一切都與我無關。想著想著，心中難免覺得孤苦伶仃。事實上，這些僅僅是表象，所有表面上看起來很好的東西，都是背後默默付出的結果。

你約人一起吃飯，表面上十分溫暖、熱鬧、溫馨，但事實上，代價極高。跟人一起吃飯，你要將就別人的時間、可能要將就交通工具，接送他（她）過來；點菜時，為了表示客氣，你還要將就著別人；完了還要糾結著誰買單；結束了，有時還要送人回家。我不知道這樣的情況你有沒有遇到過，我是經常遇到。我甚至還碰到過薪水是我的兩倍，每次都要我請客的。

當然，你有可能不是請客的那個人，而是被請的。但凡有一點社會經驗的人，應該知道這樣一條道理：世界上沒有免費的午餐，你所得到的，都是你付出後的結果。

歸結起來，跟人一起吃飯，看起來很溫馨和睦，暖人的情景簡直要將「單身狗」融化。而事實上，在看不見的背後，全都是將就和妥協，與之相比，一個人吃飯所忍受的那些孤獨簡直可以不值一提。坐上桌就能吃，抹完嘴巴就能走，想幾點吃就幾點吃，當你想通了這些，一切就變得釋然了。

我們之所以會產生錯覺，覺得多人在一起吃飯會好過一個人，是因為當人在用眼睛看這個世界時，會篤定這樣的一條結論：我的幸福來自於他人，而非我本身。當他人在我身邊時，幸福正包圍著我——「其樂融融」，這個詞恰如其分的形容了我們的這種錯覺。

事實上，人與人相處是最困難的——遠難過人與孤獨的相處。而將幸福下注在別人身上，是極為危險的。終究你會發現，他人是一個相當大的變數，遠非你所能控制。兩個人相處，哪怕曾經說過一萬句好話，有時僅僅因為一句話說錯，一段關係當即破裂——這就好比走鋼絲，哪怕你就快到終點，一步走錯，則步入萬丈深淵。

從本質上講，這是因為，在人際交往中，人對於痛苦的反應比對幸福的反應劇烈得多。哪怕是輕微的摩擦，也會導致極度的不適，讓他們忘記以前的千種好，從而難受至極。而幸福的感覺並不會持續，相反的，長期的幸福感會讓他們感到一切都是理所當然。

一個人倘若不會獨處，那麼必將不能與他人相處。在自己掌握之下的都控制不好，跟他人打好交道更無可能。如果你跟人一起出門吃飯談事敘舊，當作一種休閒活動無可厚非，但若為了一起吃飯而吃飯，那就顯得完全沒必要了，倒莫若退一步，享受好一個人的孤獨。

——萬方中

我一直讓自己表現得很友善，不管你跟我說了多麼乏味的陳年故事，錯到馬里亞納海溝的歷史常識，我都會笑著鼓勵你說下去，實在聽煩了我就打個哈欠：「要不咱們換個地方，

我請你吃個夜宵，然後繼續？」

獨來獨往是因為怕麻煩，你知道多一個人就會多一份負擔，本來一個雙肩包上午買了飛機票，下午就可能在拉薩大昭寺對面的兩岸咖啡館喝咖啡了，你一定要帶個人，沒完沒了的電話確認、安檢、托運。吃飯要小心的詢問對方的禁忌，碰到稀奇古怪的還憋著不能去品嘗，半夜不能出去夜遊。

而我又是對生活細節特別敏感的人，走在某條陌生的路上，隨時都會蹲下來坐在路緣上抽根菸發發呆的那種人，我不會去那些著名的景點，反而喜歡躲在街背後的一種平凡。我從來不會跟別人約，那種太有目的性，毫無意義。如果我想到黃山的臭鱖魚（按：鱖音同貴，也稱花鯽）了，我頂多問問身邊的朋友有沒有要跟我去的，沒等回話，我已經開在杭徽高速上了。

不要人跟，也不會體會別人的喜怒哀樂，你的就是你的，我的就是我的。不過，如果我們倆都餓了，還素不相識的待在一個土月臺等遙遙無期的車，我有麵包就會分你一半。

最近的自駕遊我都是跟一個一起長大的兄弟出去的，因為距離越來越遠，很可能是我開四個小時三百多公里，然後換他開四個小時三百多公里，公里數到了就近找地方住，做深度體驗。嗯，那麼就會去很多地方，劃過很多陌生的城市。最近自駕沿著老國道去找新安江的源頭，一路上很多小村莊、那種沿街建的房子，經常可以看到一對老人聚在一起搓麻將，好多狗。

那天下大雨，沿途車站遠遠的看到兩個小夥子，背著一身裝備，另外一個人還背著一把吉他。我跟兄弟說：「帶上他們吧，這天趕路濕漉漉的感覺也不是很好。」我對他們喊：「去哪裡？載你們一程吧。」就這樣，一車四個人了。就好像多年沒遇到的老朋友一樣，他們跟我們說走了多少路、他們看到過多少人。

那吉他聲真美、那和絃也美妙，嗓音亂的又有什麼關係呢？我們一起唱歌吧，歌頌祖國、歌頌家鄉，為了那些曾經我們愛過的姑娘，也會唱那些失去已久的民謠——鄭智化、老狼、葉蓓、張楚，打著拍子跟著吧，這就是一種特別體面的經歷。我不想知道他們的姓名，也不想知道他們究竟會在什麼地方停留，大家都是一樣的人，喜歡一種快樂——簡簡單單的快樂。

到了太白閣，他們就下車了，相互點菸告別。朋友啊，一路走好。我也在海邊經常看到這樣的場景，大人們撿貝殼都是一把一把的，然後逐個的挑選。小孩子快快樂樂的，只找自己喜歡的，可能是個被磨圓的玻璃片，或是塊圓潤的珊瑚碎碴兒。我們並不是天生就獨來獨往，也從沒有因為傷害就關閉了所有的外界感知，依舊愛，依舊熱情，只是因為單純，不再感傷。

當你碰到我們這樣的一類人，不要戴著眼鏡，跟著我們一起走啊，想跳舞就跳舞，也可以對著沿途的美女吹口哨，我們就是喜歡那種經過的感覺，不要你知道、不要你惦記，只要在隨後的歲月裡，某一天、某一刻、某一時你能想起這個情景就足夠了。難的不是相處，難的是那種隱隱約約的惦念，種在心裡卻從不成長。要得越多越痛苦，牽掛得越多就越為難，所以，不要痛苦，也不要為難。這個世界，對孤獨的人天生帶著偏見，善待那些獨立行走在大路上的人吧。

我微笑著，等待大家交會在十字線上。

——初夏的冬瓜

孤獨未必會毀掉一個人，也可以豐富一個人。

二〇一三年，我一個人回到我念大學的城市，巴士到站的時候，已經到了晚上。我找到一個公車站。三年前，坐這個公車站的十七路汽車，可以直接回到我們學校。學校裡，有一個可愛的小女友每次都會在大門口等我。索取一個熊抱後，我們會一起去食堂煮兩碗泡麵。

三年後，我自己站在公車站，看著那座城市裡特有的低矮的雲，還有滾滾車流裡每一輛都有目的地的汽車，心裡泛起了難以言說的感覺，名字叫作孤獨。

二〇一〇年，我大學畢業，隻身一人去上海，蝸居在離公司十五分鐘的小合租房裡，每天步行上下班。

和相戀多年的女朋友分手之後，每到了週五晚上我都心情不好，週五晚上下班就意味著，我沒有工作可做，要一個人度過難挨的兩天。為了消磨時間，我幾乎一個人逛遍了上海

所有的書店，甚至辦了一張市立圖書館的借書卡。

傳說中在圖書館遇到漂亮姑娘的豔遇並沒有發生，反而讓我從此害怕一個人吃晚飯。一個人吃晚飯，很長一段時間都絕對是我的心理陰影，尤其是冬天，我坐在蘭料館——哦，也就是蘭州拉麵——看著匆匆忙忙下班趕回家的人，由衷的感到了孤獨。我那時候給孤獨的定義，大概就是，大冬天，一個人連續一個月吃一份十五元的土豆牛肉蓋澆麵。

晚上，我回到合租屋。我的房間靠近馬路，噪音特別大，我躺在床上，透過玻璃往外看，好像街上的每個人都比我快樂。

那時候，豆瓣的關注有六十七個人，大多數都是朋友，寫了文章也沒人看，就算我發豆郵去勾搭別的姑娘，人家也不會理我啊。公司裡，姑娘不多，也不好對同事下手。當時，我很苦惱的問我的主管吳叔，我們天天上下班，圈子就這麼小，怎麼能認識新姑娘？

吳叔說，那得自己想辦法。我就問自己為什麼，為什麼在我青春年少的日子這麼孤獨，想找個人說話都沒有，更別說泡妞了。再也不能這樣活，我對自己說。然後，我真的想到了一個辦法。要知道人被逼急了，什麼事都幹得出來。接下來，我要透露一個隱藏多年的祕密。

我在上海同城的豆瓣小組發了一個帖子，大概意思就是，讓城市裡寂寞的靈魂相聚吧。沒想到，應者雲集，建立起QQ群的時候，加了一百多個人。

我當即就組織了線下活動，再一次應者雲集，其中不乏漂亮的上海本地姑娘、賣爬行寵物的小「富二代」、來上海工作不到三個月的少女。那是我大學之後，第一次去夜店、第一次去舞池裡跳舞，要知道，其實我骨子裡不是表演型人格，所以大多數時候還是很靦腆的。但是為了殺死孤獨，我還是拚了。

我們一幫人，玩到凌晨，又換了場地玩殺手遊戲，一直玩到天亮，沒能逃脫城市裡大多數人消磨時間的方法。一個月後，在我組織的群裡，有三對開始談戀愛了，但沒我的事。雖然我造福了眾生，但還是苦了自己。每個週末都花掉兩、三百元，很快我的錢包就開始抗議，而我也慢慢失去了興趣。

單純的刷夜好像並不能減少我內心深處的孤獨感，反而讓我覺得更加孤獨。我不再去夜店，也不再出現在聚會上。我想，我需要一個出口，一個柔軟的出口。我開始寫作，在豆瓣上陸續開始寫文章，關注者慢慢多了起來，我找到了某種適合我的存在感。

那一年，我每天加班到晚上十點以後，回到家就開始寫作，去圖書館查資料，寫出了我的第二本書《納蘭容若的詩詞與情愛》。後來，我朋友說：「這本書治癒了失戀的我。」其實，這本書出版的時候，我內心的孤獨感並沒有減少太多，但至少我開始有事情可以做，並且是我自以為有意義的事情。

後來，我搬了家，和三個女孩一起合租，寫完了《一男三女合租記》，我才覺得真正從深不見底的孤獨裡抽身出來了。我對孤獨的理解，似乎更豐富了一些。實際上，每個人都是孤獨的。人活在這個世界上，最終要學會的，還是和自己相處的能力。每個人心裡都藏著祕密，但卻不是每個人都會被理解。

社交軟體能解決寂寞，但未必能解決孤獨。這大概就是為什麼人們總是覺得孤獨。多年以後，我常常收到豆郵、私信問我孤獨的時候該怎麼辦？

其實我並不能提供具體的解決方案，我只能把我自己的真實經歷分享出來，我也努力總結了一些和孤獨相處的方法，寫在這裡，也許在你感到孤獨的時候，有點作用。

首先，人人都應該有一個愛好。除了愛情，唯一能讓時間加速的，大概就是愛好了。有愛好的人，對世界充滿好奇，對周圍的人和事也寬容。

我有一個朋友，女孩，多年獨居，每天早上都會早起給自己做花樣不同的早餐，如此堅持三年，早餐的花樣多到上了雜誌。

我問她：「一個人吃，幹嘛那麼費勁？」

她說：「每個人都應該善待自己，重點不在吃，而是有一件事情做。」

去年，她交了男朋友，這個習慣也延續了下來，吃早餐的變成了兩個人，早餐的花樣更多了。

第二，心裡有人惦記著，手上有事情可以做。

心裡有人惦記，這個人也許是一段早已經逝去的往事，也許是一個期待已久但卻仍未到來的人。心裡有人惦記，就會對這個世界溫柔，就不會虧待自己。男人會注意自己的儀表，女人會記得化妝。

手上有事情可做，入世一點，好好工作能賺到錢。出世一點，有一項事業能樂以忘憂，事業能給人帶來不同的魅力。

第三，別和孤獨對著幹，孤獨是用來享受的。

孤獨往往意味著人生要掀開新的一頁了。我寫作之初，從未想過能靠寫作賺錢，寫作大概是我唯一擅長的事情。我熱戀的時候寫、失戀的時候寫、孤獨來襲的時候，拚命寫。

古人說，國家不幸詩家幸，賦到滄桑句便工。我一開始不理解，後來我理解了，孤獨的人往往能創造一個世界，哪怕很小，但它仍舊是一個世界。想起德語詩人里爾克（Rainer Maria Rilke）那首詩，也許是關於孤獨最好的解釋：

誰這時沒有房屋，就不必建築；誰這時孤獨，就永遠孤獨；就醒著、讀著，寫著長信。在林蔭道上來回不安的遊蕩，看著落葉紛飛。

二〇一三年，那個我回到大學所在城市的晚上，我在小旅館裡，看著漫天的星辰，回憶著過去，享受著孤獨，我心裡很平靜。

我沒有殺死孤獨，我和孤獨和解了。

——宋小君

國家圖書館出版品預行編目（CIP）資料

當你孤獨時，你能做些什麼：它能成就一個人，也能毀掉一個人，你屬於哪一種？／夏至編著. -- 初版.
-- 臺北市：任性，2020.06
224 面；17×23公分. --（issue；017）
ISBN 978-986-98589-2-2（平裝）

855　　109002602

issue 017

當你孤獨時，你能做些什麼

它能成就一個人，也能毀掉一個人，你屬於哪一種？

編　　著／夏至
責任編輯／蕭麗娟
校對編輯／張祐唐
美術編輯／張皓婷
副總編輯／顏惠君
總 編 輯／吳依瑋
發 行 人／徐仲秋
會　　計／林妙燕、陳嬅娟
版權經理／郝麗珍
行銷企劃／徐千晴、周以婷
業務助理／王德渝
業務專員／馬絮盈
業務經理／林裕安
總 經 理／陳絜吾

出 版 者／任性出版有限公司
營運統籌／大是文化有限公司
臺北市 100 衡陽路 7 號 8 樓
編輯部電話：（02）23757911
購書相關資訊請洽：（02）23757911 分機 122
24 小時讀者服務傳真：（02）23756999
讀者服務 E-mail：haom@ms28.hinet.net
郵政劃撥帳號／ 19983366 戶名／大是文化有限公司

法律顧問／永然聯合法律事務所
香港發行／豐達出版發行有限公司 Rich Publishing & Distribution Ltd
地址：香港柴灣永泰道 70 號柴灣工業城第 2 期 1805 室
Unit 1805,Ph .2,Chai Wan Ind City,70 Wing Tai Rd,Chai Wan,Hong Kong
Tel：2172-6513 Fax：2172-4355
E-mail：cary@subseasy.com.hk

封面設計／ Patrice
內頁排版設計／ Judy
印　　刷／緯峰印刷股份有限公司
出版日期／ 2020 年 6 月初版
定　　價／新臺幣 340 元（缺頁或裝訂錯誤的書，請寄回更換）
ISBN 978-986-98589-2-2